小媽之娘親變娘子 完

楚瀅瀅

本書主角小嫣，
外表美豔如狐狸精，
卻有一顆小白癡的心腸，
對於男女之事尤其遲鈍，
「高齡」二十二。

楚海

在外是呼風喚雨的幫派老大兼海上霸王，
回家卻總是被自家兄弟陷害。
是所有兄弟中唯一沒有座右銘的兒子。

楚殷

天才型藝術家。

繡閣的服裝設計師，品味極佳。

花錦城最佳貴公子，追求者最多。

身上總是透著薰香。

排行老四。

「總之，娘就是要改嫁！嫁給誰都沒關係！」

「瀅瀅，不嫁我們，天下男人妳也不能嫁！」

什麼!?囧~

第一章

「寒氣入體，情緒又過於激動，夫人才會突然倒下。」

一片黑濛濛中，我聽見莫名的聲音，手腕被抬起無數次，大概被扎了不下數十針，意外卻不覺得疼。

「各位公子最好注意，夫人本就因為當年的毒藥而體質虛弱，註定一生與藥為伴，雖然平時看起來健康無礙，但這種情況要是再多發生幾次，夫人很有可能再也醒不過來。」

「你說什麼？娘她會醒不過來嗎？」

是楚翊的聲音，慌張焦急，竟然全沒了平時的稚氣。

「我是說如果再多發生幾次。」

於是室內一片沉默，好一會兒有人開門出去，估計是莫名，因為床邊還是有著幾個輕輕的呼吸聲，平時就長伴在我身邊，無比熟悉。

「大哥，接下來該怎麼辦？」是楚軍的聲音，低低詢問著。

我床邊猛地凹陷，有人坐了下來，他伸手順著老太太我的髮，像女孩子一樣纖細修長的手指還帶著淡淡的薰香。

「如果娘能夠像之前一樣最好，醒了便什麼也不記得。」

是楚殷的聲音，他邊說手指邊慢慢順過我的髮。

「那又要讓誰瞞著娘呢？即使娘忘了，等她醒來，肯定又會繼續找爹，我們不可能瞞著爹的事情一輩子不告訴她。」

我聽得心下惻然，連楚明都這麼說，原來老太太我健忘的這個毛病，大家都知道，只是故意不提，而與其說是健忘，不如說是會突然從記憶中多出一段空白。

「如果忘了不好，不忘也不好，那我們到底該拿娘怎麼辦才好？」

聽到楚翊一嘆，我露在被外的手被握住了。

「這件事還是到外面談吧！讓娘再睡一會兒。」楚明道。

不愧是一家之主，一聲令下，所有人都從房內退出去，床邊又恢復一片寂靜，於是老太太我又睏了，可是半睡半醒間，卻想到十六歲的自己，十五歲的自己，十四歲的自己……記憶的畫面連成一串，一路拉回更早的時候。

那年，開在枝頭的梅花都顯得好高，怎麼踮高腳都沒辦法摘到，我攀著樹幹想要爬上去，卻想起大師的教誨，怕折了梅枝，只好心不甘情不願的繼續在樹下徘徊。

「我來幫妳吧！」

有人伸長手把一枝梅花折下來給我，我瞧了半天的梅花好不容易握到手中，我卻只忙著盯住那個人的臉。

「妳是誰？好漂亮。」

「要問別人的名字之前，應該先告訴別人自己的名字才對吧？妳叫什麼名字，小狐狸？」

「我叫瀅瀅，那妳呢？」

「我是楚瑜。」

「楚瑜？大姐姐，妳的名字好奇怪。」

「大姐姐？」那人笑起來，彎下身蹲在我面前。「我不是大姐姐，我是男人。」

「騙人，哪有這麼漂亮的男孩子。」

「不是男孩子，我離男孩子已經很遠了，我是個男人。我的大兒子看起來都比妳大了。」

「瀅瀅不小，我今年已經……九歲了。」我比出九根手指頭，驕傲道。

「我都可以當妳的叔叔了，還說自己不小。」

「好啊！我喜歡漂亮的叔叔。」

「我來找大師，妳知道大師在哪裡嗎？」
「知道，大師在梅花林中。」
「妳能不能帶我去找他呢？」
「那抱我過去，我不想走了。」
他盯著我半晌，最終彎下身抱起我，溫暖異常，我們往梅林深處走去。
「大師，大師！有人來找你！」
「楚瑜大人，久候了。」站在梅花樹下的大師轉過身，灰白的雙眼朝我們看過來。
想起來了，我什麼都想起來了。曾經灰濛濛一片的記憶。

＊　＊　＊

「這個孩子是大師的弟子嗎？」

連續幾日，楚瑜都跟大師坐在樹下閒談，平時我是討厭聽這些，什麼花非花霧非霧，在我眼中，花就是花，霧就是霧，可是卻因為喜歡楚瑜的懷抱鎮日跟著坐在他懷裡打坐，大師笑稱我從來沒這麼認真過，簡直像尊大佛帶小佛。

「不是，瀅瀅並非老衲的弟子。」

那會兒我正在玩楚瑜的手指，一根一根掰開，又一根根收起來，自己的指頭只能數到十，加上楚瑜的就可以數到二十。

玩到興起，我把楚瑜的大掌貼到自己臉上，覺得暖烘烘的，忍不住笑起來，楚瑜的掌也隨之微微一收，在我臉上貼合。

「那瀅瀅是……」

「這孩子是有人託老衲帶走的。」

「她的爹娘捨得嗎？」

大師微微一笑，招手要我過去，我猶豫了一下才鑽出楚瑜的懷抱。

「看來楚大人很得這孩子的緣，這幾日相處下來，您對瀅瀅有什麼想法？」

「這孩子……有種不可思議的感覺……」

「怎麼說？」

「她跟我說，以前她住的地方，人可以在天空飛翔，可以潛到很深很深的海裡，可以在一夜之間跨越大漠與海洋，也可以不需要點火，就擁有光亮……」

「這些都是真的！」我鼓起腮幫子，對於楚瑜遲疑的語氣深表不滿。

「我當然相信妳，瀅瀅。」

見他對我笑，我才滿意。沒有人相信我說的話，就連我的爹娘都不相信我，只有大師和楚瑜願意相信我。

「正是因為這孩子說的這些話，讓村人視她為不祥，認為這孩子被鬼怪附身，再加上這孩子的容貌，讓人更是以此大作文章。」

無名大師垂下頭，我伸手到他灰白的眼瞳前左右揮著，他的表情卻一點也沒有變化。

「大千世界無奇不有，包羅萬象，除了我們所看見並身處其中的世界外，還有無數的世界存在，只是我們無法脫離目前所在的世界。這孩子上一世不是這世上的人，今世雖在此，前世的記憶卻沒有清除乾淨。」

我聽見楚瑜輕輕倒抽一口氣。

「她帶著不屬於這個世界的智慧降生，對她而言理所當然的事情，在這個世界全然變成妖言惑眾，於是老衲才會把她帶走。」

「為什麼？」

「因為這孩子再這樣下去，是沒辦法以普通人的身分繼續生活的。現在她年紀尚小尚未有自覺，等到她再大些，她會發現自己與眾不同；她雖然是一個人，卻有著異於常人的記憶，就像有了兩種人生，到時她會迷惑，分不清自己究竟是誰。」

「意思是，她會以為有另外一個自己？」

我看見大師輕輕點頭，想數清他臉上有幾條皺紋，可是大師只要一說話或者笑，他的皺紋就會增加，我只好不停的從頭數過。

「老衲曾經替這孩子施法封住她上一世的記憶，只要沒了前世記憶，她也許就能像個普通人一樣平平靜靜的生活下去，不過同時將她童年的記憶一起封印了，結果反而讓瀅瀅連自己的爹娘也記不得。」說到這裡，大師深深嘆口氣。

「老衲本來以為這樣也罷，就帶著這孩子雲遊四方，找個好人家讓她平平靜靜的過一生，可沒想到法術只成功了一半，上一世的記憶變成了碎片，會隨著她的年紀增長而不時想起。再這樣下去，她遲早要面對同樣的困境。」

「沒有辦法可以幫助她嗎？」

這時候有一朵梅花落下來，不偏不倚掉在楚瑜的肩上，我眼尖看見了，立刻飛身而出撲上去。

「是我的！這是我的。」

楚瑜把我接個滿懷，他顯然沒弄懂我在幹嘛，以為我要討抱，於是把我擁在懷裡。我癟著嘴用力掙扎著要拿那朵花，卻在扭動的時候讓梅花又落到他背後的泥地上，我看見花朵沾上雪泥，心中難受，眼淚就在眼眶中打轉。

大師繼續說道：「老衲施法幫了她，已是逆天而行。老衲的雙眼就是那次法術的懲罰，老衲雖不後悔，卻再無能為力。」

我把下巴擱在楚瑜肩上，默默流下大顆大顆的眼淚。楚瑜發現自己肩上一片濕意，忙把我放下來，看我哭成小花臉，嚇了好大一跳。

「瀅瀅，哪裡疼嗎，怎麼哭成這樣？」

「我的花……」

「花？」

他順著我指的方向看過去，看見那朵落在地上的梅花，臉上立刻現出無可奈何的笑容。

「只是一朵花而已，妳沒有必要哭成這樣，如果妳想要，我可以再摘給妳。」

「我不要！」我氣咻咻的回應，掙出楚瑜的懷抱。「自己掉下來的花跟摘下來的花，當然是自己掉下來的好，我就想要那朵，才不想要你摘給我。」
說著，我跑到另一邊的梅樹下蹲著，打算再等待另一朵梅花落下來。
梅林之中太安靜了，即使隔了一段距離，他們的對話我仍然清晰可聞。
「強摘的花總比不上自己落下的嗎？」無名大師低吟了聲，忽而淡淡一笑。「沒想到會讓這孩子一句話點醒。」
「大師是什麼意思？」
「凡事都有相生相剋之物，老衲不該想用外力來改變瀅瀅的命運，而該替她尋找那朵自己落下的花。這懲罰來得該、來得好。」無名大師微笑與我相對，「有緣之人，自能改變她的命運。」
「那她要等到什麼時候才會遇到那個人呢？」
「楚大人憐憫她嗎？」
楚瑜不答，沉默了好一會兒，才緩緩開口：「在下只是想到自己的兒子也跟她一樣大，不由得心生惻然。」

「看來她跟楚大人倒是很有緣分。」

「我嗎？大師您別說笑了，在下都死了六任妻子，而且她這年紀都能當在下的女兒了。」

「緣分有很多種，世俗人總以為只有一種；不過要知道是什麼樣的緣分，其實只有等時機到了、開花結果的那一瞬間才會明白。老衲只知道您跟這孩子有緣，卻不知道你們會結出怎麼樣的果。」

「楚瑜！你快看，我接到掉下來的花了。」我笑咪咪捧著花跑向他們，翻過楚瑜的掌把花放在他手中。「送給你。」

「瀅瀅？妳不是等了很久，自己拿著就好啦。」

「大師說，喜歡的東西要送給喜歡的人，我喜歡梅花，也喜歡楚瑜，所以我要送給楚瑜，這樣我就會更加喜歡你們了。」我笑嘻嘻的投入楚瑜暖烘烘的懷抱，渾身都隨之溫暖起來。

「……在下願意像照顧女兒那樣對待她，但在下想，不可能會有其他緣分。」

「如果楚瑜大人真的打算帶走這孩子，那麼請您謹記，您所做的一切與這孩子的相處，都會影響您的未來，緣分一旦糾纏上了，註定會在您的命裡造成影響。」

「是好、或是壞呢？」

「您又問了老衲不能回答的問題。人都害怕未知，如果您對於這個改變感到恐懼，老衲勸您還是把瀅瀅留下。這全是緣分，老衲不能強求您。」

楚瑜那天聽完大師的話安靜了很久，直到大師走遠了，他還是一個勁的沉默著。

到楚瑜要走的那天，大師牽著我為他送別，我哭得一把鼻涕一把眼淚。

「楚瑜！」

他的背影輕輕停了一下，又繼續往前走。

「楚瑜！」

他停下來，轉過身來回望我，「過來，小狐狸。」

於是我掙開大師的手，展開雙臂撲到楚瑜懷裡。

楚瑜在微笑，可是他的笑容很複雜，我說不上來，逕自哭著把鼻涕沾在他身上。

「對於要迎接新生活的瀅瀅而言，忘了老衲是最好的選擇。」

無名大師伸手往我額前探來，我只覺得眼前一陣白光，便什麼都看不見了，耳邊猶有一句話飄過。

「她也會忘了與您的這段相遇，下次見面，對她而言才是初見。」

原來是這樣，那年燈火節楚瑜不是突然找到我的。

我能夠度過失去楚瑜的每一天，努力站起來去愛這些孩子們，那是因為我相信我愛著楚瑜，楚瑜也愛著我，所以我才能走下去，但我現在再回想起來，卻發現楚瑜不過是憐憫我。

從憐憫之中是生不出愛的，無名大師那日也說過，在我出生之前，他就遇到了一生的摯愛，就是楚明的娘。

一直以來，我都靠著楚瑜的愛來維繫我跟這個家的關係，但有一天這條線斷了後，我發現自己不過是一個外人，生生的站在這個圈子外。

那些孩子，不是我的孩子；我不是楚瑜的妻子，就不是他們的娘。

妻子這個名分，當是一個他愛的女人得到的位子。

當我知道丈夫真的死了的消息的當天，也了解到他沒有愛過我。

如果是這樣，那楚瑜，你當初為什麼要娶我呢？

即便在夢中，那場景也讓人淚流不止。

＊　＊　＊

隔天起床後，天已經大亮，春桃她們看見我一雙眼腫得跟核桃一樣，急忙要拿冰露來給我敷，我搖頭拒絕。

女為悅己者容。

既無悅己者，何必妝容？

吃早飯的時候所有兒子都來了，大家圍成一桌吃飯。

「娘，嚐嚐這個醬滷羊，做得不錯。」

「這個水晶燒賣也是。」

「有干貝粥……」

我看著堆成小山的碟子，默默的把筷子伸出去——繞過那碟小山自己夾了一筷子白菜；兒子們全都不約而同的停下造山運動。

我慢慢條斯理喝完那半碗粥跟白菜，站起身來。

「娘……我吃飽了。你們慢慢吃。」

面對這些貼心過頭的兒子，我實在沒臉當他們的娘。

這麼多年來，我沒有一餐飯是撇下他們先離席的。每次吃飯，我總是等大家都要起身時才起來，堅持要與兒子們相處到最後一刻。有人在等著的家，才會讓人想回來。為人娘親，就該在桌前等待孩子們回來，這習慣多年來我沒有改過。

然而這次，我卻先離席了。

我拒絕春桃她們的服侍，自己一人坐在別宮後面的亭子裡一臉沉思樣，其實心神就像斷了線的風箏，飄飄忽忽沒有著地。

更早的事情還是沒想起來，記憶只停留在遇到楚瑜的那一刻，也許是因為楚瑜太深刻的留在心中，其他的也無所謂想不想起了。

「怎麼坐在這裡？」

「沒事。」我沒轉頭看就知道來人是誰。

「殿下怎麼不進去？」說完才發現自己口誤，對方現在已是北蒼國的國君了，我正想改口，卻被他出聲阻止。

「妳還是直接叫我的名字親切點，妳這樣喊我，讓我覺得很陌生。」蒼狼邊說，邊在我對面坐下。

他皺眉細看我的臉，老太太我不想被人看見腫得如核桃般的眼，拿起袖子來遮掩。

「這個桌子客滿了。」

「這王宮是我的，對主人來說沒有客滿的地方吧？」

「……」我無話可說，舉著手又覺得瘆，只得悻悻然地把袖子放下。

「來找楚明的話，他們都在裡面。」

「不忙，本王聽說你們在吃早飯，想說先別打擾，只是沒想到來院子逛逛時會遇見妳。妳沒跟他們一起用餐嗎？」

「吃飽了。」

「是吃飽了，還是吃不下？」

對於這麼一針見血的外人，老太太我不由得多少暗恨起蒼狼了解太多內情，可同時又有些慶幸說這些話的是他，如果是兒子們說的，會讓現在老太太我的心情倍覺尷尬。

蒼狼沉默了一陣，突然道：「我很抱歉。」

「有什麼好道歉的？」
「我應該早一點告訴妳，又或者不應該告訴妳……」
「不管藏得多深的秘密，只要找對地方挖下去，不可能永遠不見天日，這一點你並沒有錯。但我想知道一件事，楚瑜當年……是發生什麼事？」
蒼狼抿抿脣，似乎在猶豫要不要開口。
「我想知道。」
末了他一嘆，無可奈何。「當年一戰，表面上是說爭奪滄藍山，其實追根究柢，不過是父王的私心。」
我藏於袖中的拳頭握起來，表面仍不動聲色。
「父王對楚大人早已積怨多年，從蒼姒姑姑開始，再到慕容茹月的背叛，他恨楚大人擁有了一切他想要的。楚大人每娶一名新妻子，他都覺得是對姑姑的背叛，想盡辦法要報復他，卻苦無理由。」

蒼狼停了停，又繼續說：「這一切只能說巧合，當楚大人要娶妳的消息傳到北蒼國時，父王大為震怒，時值兩國正為滄藍山的通道有了摩擦，本來不是大事，父王卻小事化大，故意要掀起戰爭，所以楚大人才不得不在新婚夜出陣。」

「可那場戰爭，從一開始就不是為了什麼通道的所有權，父王只針對楚大人一個人。最後楚大人中箭落崖，父王以為他必死無疑；而我素來欽佩楚大人的才智，於是派人偷偷去尋找，本來不抱希望，但沒想到楚大人竟然一息尚存。」

說到這裡，蒼狼看了我一眼，似乎想窺探我的反應，可惜我只瞪大眼看著他。

「我把楚大人帶回來，偷偷藏在別院，可是楚大人的傷實在太重，藥石罔效，日日睡著的時候比醒時多，當他睡去時，甚至有時會氣息全無，大夫說楚大人的意志力太驚人，才能吊著一口氣。」

楚瑜就是這樣，如果有機會幫助天下人，他一定是萬死不辭的。

「他一直硬撐著身子到概略的計畫完成才全然昏迷，之後再也沒有醒過來。」

做一個偉大男人的女人，真的太難。我抬袖想抹淚，可是眼中卻乾乾的，乾到發痛，喉嚨癢到很想嚎哭，卻忍著不叫出來。

「那楚瑜……提到我了嗎？」

蒼狼沉默不語，我們都明白那份沉默代表什麼意思。對一個因為憐憫而娶來的妻子，還能夠有什麼話說？蒼狼面露不忍，伸手過來握住我的手。

「瀅瀅。」

「不要那樣叫我！」我激烈的回應。那樣的叫法太像楚瑜，而楚瑜是個雞蛋鴨蛋鴿子蛋，簡而言之就是一個渾蛋，我氣得渾身發抖，又氣又想哭。既然這樣你為什麼不乾脆好好的活著，可以讓我痛打一頓，這樣我還比較痛快。

「放開我娘！」

五個聲音異口同聲響起，楚明他們不知何時出來了，每個人臉上都有怒意。

楚軍鏗鏘抽出清水南華劍，穩穩遙指蒼狼。

蒼狼沒有縮回手，挑釁般的握緊我的手，看向我的兒子們，而我任由他握著手，只是目光細細的在五個兒子的臉上梭巡，每個兒子的身上都有一些像楚瑜的地方，這樣一個個看過去，彷彿楚瑜隱隱約約就浮現在眼前……

那個大渾蛋楚瑜！

我猛地扭開頭，楚明他們一陣愕然。

「娘？」

「別叫我娘。你們走，讓我……和蒼狼靜一靜。」

「娘！」

「我叫你們走。」

「我不走！」楚翊是第一個反抗的，一拳就往蒼狼方向揍去，蒼狼只得鬆手接招。楚翊邊打邊怒道：「你對我娘做了什麼？」

「本王什麼都沒做。你也聽見了，是瀅瀅叫你們走的。」

「娘才不會叫我走，娘最愛……」

「楚翊！」

我站起身一聲厲喝，楚翊分神、動作一慢，就被蒼狼一掌推飛出亭外。他順勢一翻身，輕盈落地，似乎沒受什麼傷，只是滿臉的不可置信。

「這麼多年來，娘從來沒有這樣罵過你，你年紀不小了，不該這樣對北蒼國國君無禮，快點道歉。」

「可是……娘！」

「不聽娘的話嗎？」

楚翊含恨咬唇，看了我們好一會兒，倏地轉身就走，一句話也沒有。我見他走遠了，轉向楚明他們。

「楚軍，把劍收起來。不准你們對北蒼國國君無禮。」

楚軍無言對峙了半晌，終於頹然還劍入鞘。

「你們走吧！」我揮一揮衣袖，逕自落坐。

楚明從頭到尾都沒有說話，那雙眼卻沉得讓人發慌。

「走吧！大哥。」沒想到開口的竟是鮮少說話的楚風，他上前搭住楚明和楚軍的肩，一行人默默的轉身離開。

第二章

「狐狸精，妳最近好奇怪。」景天太子坐在我對面喝著奶茶，一雙眼骨碌碌的盯住我。

「哪裡奇怪？我跟平常一樣啊！」喝喝茶聽聽曲，度過我悠閒的老年人生。

「你們怎麼都不說話？」

我裝作沒聽見，抿抿脣，把臉湊近蠟燭。

「太子不覺得北蒼國的蠟燭很神奇嗎？大榮國都是另外再點香木，而北蒼國的是從香木中提煉香油摻入蠟燭中，在燃燒的時候就會產生香氣，省去點香木的工夫。我們也許能帶一些回大榮國。」

「狐狸精，回答本太子的話。」景天太子拒絕被敷衍，嫩嫩的嗓子喊起來。

「大人有時候累了就不想講話，其實沒什麼事。」

「你們吵架了嗎？」

「嗄？我們沒有吵架，我們好得很。」

「可是你們看起來就像父王跟母后吵架的樣子，他們也是都不說話。」

「沒有這回事，你父王跟母后是情人，他們偶爾吵吵小架是正常，我跟兒子們有什麼架好吵？他們也沒有不孝順不聽話，我們不會吵架。」

「那就是妳不聽話惹他們生氣嗎？」

「對……呃……不對！為什麼是我？」

「父王說，當兩方不說話的時候，一定是有一方是錯的，再不然就是誰也不肯退一步，他們是妳的兒子，沒有理由不讓妳，可妳又說他們沒錯，那錯不在妳在誰？」

景天太子一番話說得頭頭是道，聽得老太太我頭昏腦脹。沒想到景天太子小小年紀，邏輯卻很好。

「不是……只是我……唉……」我欲言又止，最後只能長長一嘆。

他說的沒錯，那天之後，我跟兒子們的關係降到冰點，他們仍然按時來問安，我卻對他們無話可說；用餐時大家坐成一桌吃，我卻總是避開他們夾給我的菜，以往覺得這是理所當然，可現在卻不知道該怎麼面對才好。

在這種氣氛下，莫名已經好幾天不跟我們同桌吃飯，他表示寧可去吃琦妙做的摻了砒霜的飯被毒死，也好過在這兒被悶死。

「如果知道自己錯了，那麼認錯就好了啊！」景天太子又替自己倒了一杯奶茶。

一整壺的奶茶都快被他喝完了，我連忙搶過茶壺把最後一杯倒給自己。

「話說回來，狐狸精，妳應該沒忘記答應本太子的事情吧？」

「嗄？」

見我一臉訝異，景天太子老大不開心的放下茶杯。

「太后奶奶要本太子帶回去的協議，妳忘了嗎？」

被景天太子這一提醒我才想起來，之前真的忘得一乾二淨。

「呵呵……怎麼會忘，是鳳仙太后吩咐的事情，我當然是日日夜夜都不敢忘。」

「沒有忘記最好。現在北蒼國新國君已經繼位，既然這個王位是你們幫忙他登上的，要他簽下這份協議應該也不是難事吧？」

好樣的！景天太子竟然想用我楚家的恩情來換蒼狼這份協議，不過仔細想想，這是個再好不過的方法。

「這件事就讓妳去辦妥了，狐狸精。」景天太子拿出那份協議推到我面前，老太太我垂頭看著，驀然想到鳳仙太后的話——

「做一個偉大男人的女人是很難的。」

即便是在這種時候，我仍然不能逃開這個身分，我可以對那些孩子們視而不見，卻不能把楚家夫人這個身分棄之不顧。

對於景天太子的要求，我只能點點頭，把那份協議收在懷中。

＊　＊　＊

吃過飯，我告訴春桃她們我要出去一趟，誰都不讓跟，春桃秋菊雖不同意，卻不能違抗我的意思。

外頭還有些冷，我披上一件藏青色的厚氅，揣著那份協議，打算到書房去找蒼狼。

時序已逐漸入春，雖然天氣不見轉暖，可是北蒼國的梅花仍在枝頭上率先探出頭來，提醒春日將近。

我順著後花園的小路走，每棵樹上都有幾朵結苞的小花。

這些年來，我從沒像現在這樣一個人賞花，每次楚府春日出遊，總是熱熱鬧鬧一大群人，不說我那群可愛的侍女們、老不修的郝伯，光是一字排開的俊俏兒子們就是花錦城內人人爭相目睹的奇景。

這些年來，那些孩子們真的帶給我很多很多快樂——

「怎麼又想到那裡去？」我停住腳步，有些懊惱。

看到那些孩子，我就會忍不住想到楚瑜，可刻意不去看他們，卻又頻頻想起來。「真煩……」

「娘在煩惱什麼？」

忽然從樹後傳出的聲音，把老太太我嚇了一跳，直到那人從樹後現身，我這才放下心來。

「小……小風？」

楚風依舊是一身白，素衣單薄，看得老太太我皺起眉頭。

「你沒事為什麼要躲在樹後面嚇娘，而且天冷還穿這麼少，小心受風寒。過來，娘的大氅給你穿。」

「我早就來了，是娘沒有發現我。」楚風含笑走上前。

我這才發現不小心又用平時的方式跟這孩子相處，不免有幾分懊惱。當人娘親當久了，還真以為自己是他的親娘。

「娘要去哪裡？」

「去見北蒼國國君。」

「娘最近似乎跟新任的國君走得很近？」

小風這句話問得古怪，我忍不住抬頭看他一眼。這孩子從來都不在意這種事，今天卻突然問起來？

我對上楚風的視線，他的眼裡微微有些笑意。

「我明白娘心裡難受，可是娘也別太過分，若是讓大哥他們都生起氣來，我也護不住娘。」

楚風的話仍然一半是謎，聽得人迷迷糊糊，待我回過神來，已經被他拉到亭子內坐下。

「在出發之前，娘不是對我說過嗎？寧可當一個知道自己在做什麼的傻瓜。妳是因為想得到一個答案，所以才會到北蒼國來，即使從一開始，娘就知道那個爹是假的。」

「可是來了才知道，有些答案不如不知道。」

「娘是在傷心爹的死，還是發現大哥的身分，又或者是因為大哥的娘呢？」對楚風這一連串的問話，我倏地抬起頭。「你都知道了？」

「娘在傷心爹的死誰都明白，但是後面的事情，是四哥告訴我的。」

「小殷？」

「娘叫我嗎？」

才叫聲小殷楚殷就現身了，披著他那件百燕齊飛的披風步入亭子，細長的髮順著頰邊落下，老太太我瞪著這一幕，總覺得自己是隻從一開始就踩進陷阱的狐狸精，現在走也不是，留也不是，等等會不會連楚軍和楚明他們都出現？老太太我可還沒想好要用什麼態度面對這些兒子們。

楚殷在我身邊落坐，很自然的執起老太太我的手。

「娘還是不習慣北蒼國的天氣，瞧，手都冷了。」

「不礙事的……」這份溫柔真是頗有乃父之風，但楚殷更勝楚瑜一籌，我看得心中一酸，想要把手抽回來，卻反而被更緊的握住。

「小殷……你可以，放開娘了……」

「我知道娘只是在鬧彆扭，怎麼可能真的聽娘的話呢？」

這句話差點讓老太太我淚水決堤，為了不在兒子面前丟臉，只好拿袖子去擦臉，沒想到淚水沒擦多少，鼻頭倒是被擦得紅起來。

「剛剛小風說，是你告訴他關於楚明身分的事嗎？」我慌忙把話題拉回去，一見兒子就心軟想哭這怎麼成？

「是。」

「你是怎麼知道的？蒼狼他有告訴你嗎？」

「國君當然不會跟我說這種事，這事之前我就猜到了，爹曾經跟我提過一兩次關於興修水利的計畫，他說希望我長大之後能替他完成這個工程的設計圖。所以當現任國君第一次提到那個計畫時，我心中就起了疑，時機點偏偏又跟爹失蹤的時間這麼吻合，我就在猜那個人十有八九就是爹。」

「那你怎麼知道楚明的身分？」

「北蒼國王宮內還有不少老宮女，性情純樸，我送了她們幾朵珠花跟小飾品，她們就把當年的事情娓娓道來。其中有一個人跟大娘感情特別好，大娘在嫁給爹之後還有與她聯絡。」

結果蒼狼把個只會做針線活的孩子放在宮裡，就什麼秘密都被套出來了，那只會種花草的小翊做了什麼？不會在後花園哪處種了會咬人的草吧？

「娘一直一個人悶在心裡，一定很難受吧！」楚風握上我另一隻手，他跟楚殷是截然不同的溫度，卻都很溫暖。

我看看右手邊的小風，又看看左手邊的小殷，這兩個孩子對老太太我這麼溫柔……這麼溫柔……我眼一閉，淚大顆大顆的落下來，把手抽回來自己掩面抽抽噎噎的哭泣，同時來了兩隻手撫在我背上輕拍。

「娘錯了，都是娘不好，嗚嗚嗚嗚……」

要是其他的兒子來結果是什麼還不一定，偏偏來的是這兩個，楚殷一向細膩，總讓人不由自主說出心裡話，楚風則是讓人好安心，跟他說什麼秘密都不會洩漏出去。

面對這兩個人，老太太我邊哭邊說，把楚瑜跟我初見的那一段記憶都說了。

「所以你們的爹當年娶我只是可憐我……娘實在不知道該怎麼面對你們，我不配當你們的娘……」

「娘真是傻。」楚殷的語氣又好氣又好笑，我疑惑的抬起頭來。

「即使妳不是我們的娘，我們也都愛妳，不是因為『娘』這個身分才愛妳，我們就是愛妳，瀅瀅。」

末了被楚殷柔柔一喚名字，老太太我不知道為何心跳漏了一拍。

「因為想對妳好才對妳好，不是為了妳的身分。難道娘心中不是這麼想嗎？」

我看著楚殷，眼中又慢慢蓄起淚水。

「我不知道，我只是一直守著跟你們爹的承諾，把你們當成自己的兒子，把楚府當成自己的家，我要保護這個家裡所有的人。可是現在想到要跟你們分開，想到原來自己跟你們一點關係也沒有，心中就好難受好難受……」

「我們不會沒有關係的。」

楚風邊說邊拿開我擦淚水的袖子，用一塊雪白的絲巾替我抹臉，最後絲巾還放在我鼻前，我乖乖的擤了一下鼻涕。

「這些年來我們的相處都是真的。人與人之間的緣分不論如何開始，結果才是重要的。」

那我跟這些兒子們，最後會有什麼樣的結果呢？

「憐憫中是生不出愛情的，娘剛剛說的沒有錯，可是爹也不可能因為憐憫就娶娘，爹有無數種方法可以幫助妳，犧牲自己的一輩子來幫妳是最傻的方法。」楚殷搖搖頭，拾起桌上的梅花，信手插在我的髮上。

「我相信爹是因為愛著娘，才會娶娘的。」

「真的嗎？」

「真的。」楚風回答我，語氣有著說不出的篤定。

我吸吸鼻子，突然覺得心中無比平靜，四周安靜的只餘我們三個人的呼吸聲，從亭子望出去，正好看見一棵梅樹上的花苞綻開。

「啵——」

楚風注意到我的視線，微笑的伸出手越過我的面頰，以指輕點，那朵梅花就從枝頭上被風吹落，像被無形的手托著飛進亭子裡來，落在我的手上。

此情此景，好像當年楚瑜為我摘花的那片段，可是又不一樣。

「有什麼煩惱就讓我們一起解決，我們是一家人，娘不該獨自煩心，對不對？」

不能再同意楚殷更多，我一手拉住一個，投進他們的懷抱裡去。

＊　＊　＊

楚殷、楚風陪我走到蒼狼的書房門口時，楚明和楚軍還有楚翊已經等在那裡了。前幾天我對楚翊這孩子大聲了幾句，顯然他還在氣頭上，看見老太太我就癟著嘴別開臉，老太太我立刻淚眼汪汪。

都怪我不好，遷怒到兒子身上幹嘛？最乖最貼心的小兒子現在變成對娘最冷漠的一個了。

「大哥怎麼會在這裡？」

「國君找我們。那娘怎麼會來呢？」

楚明一如往常的關心我。經過幾天冷戰，老太太我有些尷尬，不自主的扯住楚殷的袖子怯怯往後躲去。

「娘、娘也是來找國君的……」

「那還真巧。」

「呃……小翊，你不想跟娘講講話嗎？」楚翊一直假裝看著天空，老太太我心裡有愧，走上前低聲問他。

「是娘叫我走開的。」

「娘知道錯了，那時候是娘老糊塗了……你原諒娘嘛……」

「這麼容易就原諒，那還要官府幹嘛？」

「不然你想怎麼樣，跟娘老死不相往來嗎？可是娘現在已經老了，所以你就原諒娘好不好……」

「不好！」

他回答得乾脆俐落，老太太我瞬間又眼兒水汪汪。

「娘要哭了喔……」

「……」

「娘真的要哭了喔……」

「……」

楚翊還是沒忍住，末了輕輕一嘆轉過身來，把手撫上老太太我的頰。

「不管誰錯娘都先哭，這招太賊了。」

「因為先哭先贏嘛……」

「這種事還有先哭先贏的嗎？」

「有……譬如說哪天你跟一個女孩子光溜溜躺在床上，假使女孩子先哭，娘就會逼你娶她；你先哭，娘就會逼她娶你……唔……」我不解的看著楚翊，他一指壓在我脣上，不讓我再說下去。

「娘，妳還是別比喻好了……」

「那你原諒娘了？」對著小兒子粉粉嫩嫩的臉蛋，老太太我想不明白當初怎麼捨得凶他。

「娘可知道當時我的心裡有多受傷？」楚翊低下頭嘟嘟囔囔。

「都是娘不好，小翊想要什麼，娘都會盡力補償你的。」

「真的嗎？」

「當然是真的，娘是鐵錚錚的女子漢，一言既出，八十隻馬都追不回。」

「那我的要求很低，只要娘跟我一起躺在床上，然後娘先哭或我先哭都可……」

「砰！」

楚翊被楚軍一拳揍飛出去，老太太我還沒聽完楚翊的話，就看見這孩子變成一條漂亮的拋物線飛出去，帶起的勁風吹落梅樹上不少花苞。

「打得好。」

不知道是誰，低低喝采了一聲。

「楚軍！你怎麼能對自己弟弟這麼用力，要是小翊受傷怎麼辦？」忙著查看小翊飛到哪裡去，好一會兒我才回神，立刻忙不迭的教訓起楚軍。

「僧多粥少，小弟竟然還想要獨吞，一拳是便宜他了。要是二哥不打，那我也會出手。」

楚殷兩手搭在我的肩上，語氣很是溫和，可老太太我聽起來卻覺得不大對勁，誰是粥啊？

「要是小海也在這裡該有多好？我們就一家團圓了。」我看了周圍一圈，偏偏缺了那個少根筋的孩子，不知道這會兒他又順著海洋航行到哪裡去了。

「如果沒有意外，娘很快就能見到三弟了。」楚明道，目光望向王殿的方向。

「你大哥是什麼意思？」我看楚明沒有回答我的意思，只好悄聲追問楚殷，可他卻只是把我大氅的繫帶綁緊。

什麼啊！這些孩子怎麼都神神秘秘的呢？

第三章

「本王有事要……咦?你們怎麼一起來了?」

蒼狼一抬頭，見我們一群人浩浩蕩蕩前來，有些吃驚。他掃過人群一眼，發現老太太我也在其中，更是詫異。

「瀅瀅?你們和好了嗎?」

「自家人，當然沒什麼好吵的。」我還沒開口，楚殷就把我往身上一攬，替我回答。

蒼狼看著他，莞爾一笑。

「盯得還真緊。」

「別人都踩進家門來偷東西了，自家人當然要聯合起來。」

「誰？小殷，誰進我們家裡偷東西了？」我把頭轉來轉去，卻沒得到答案。

蒼狼也不答，站起身來，負手而立。「不過你們一起來了也好，本王是該先知會你們所有人一聲。」他指著桌上的地圖道。

「麒麟脈的水利工程圖已經準備好了，楚大公子利用現有的水道做為渠道，所以我們不需多費力氣開挖河道，只消加緊動工水道中的大壩便成。本王已經吩咐動工，務必在夏天來臨前完成。只是……等動工完成以後，就要遷移王殿，讓麒麟脈通過原本王殿所在之處。」

聽到這裡，老太太我不由得揪緊了楚殷的袖口。

「妳不用這麼擔心，本王會命人盡力不破壞楚大人的冰棺。根據地脈來看，麒麟脈至少在距離楚瑜大人的冰棺四到五丈遠的地方，我們可以把楚大人遷移走後，再往下挖出麒麟脈。」

「所以，我們可以把楚瑜帶回大榮國嗎？」

「嗯。這應該也是楚瑜大人生前最後的願望吧！」

「太好了，娘！」楚翊挨過來，甜甜的朝我道，我不禁流下淚來。

「娘真奇怪，開心也哭，難過也哭，耍賴也哭，好賊喔！」

這麼多年過去，楚瑜終於能回家了，不管是以什麼樣的形式，他就要跟我一起回家。我含淚抬頭欣慰一笑，正好對上楚明的眼，他臉上也浮現罕見的笑意。

「不過還有一件事，本王要把話先說清楚。」

「什麼事？」

「楚大公子不能走。」

蒼狼突然伸出手指向楚明，所有人都吃了一驚，楚明臉上也難掩驚訝。

「這是什麼意思？為什麼楚明不能走？」

「楚大公子是蒼姒姑姑的兒子，多年來父王一直希望他能回到北蒼國，而今他既然回來了，就沒有再回到大榮國的道理。畢竟他身為堂堂一國的王子，去當大榮國的丞相實在太辱沒身分。」

「不行，楚明是我的兒子，他要跟我走。」老太太我大吃一驚，抹著眼淚氣憤填膺的站出來。

「瀅瀅，妳不應該替他拒絕，這是他的人生，應該讓他自己做決定。」

蒼狼一句話讓老太太我為之語塞。對啊！這裡是楚明親娘的娘家，他是大國的王子，說不定他想要留下來呀！

我慌張的往楚明看去，他默不作聲。

「楚明！楚明你不想留在這裡吧？你想跟娘一起回家對不對？」

那雙跟楚瑜相仿的眉眼看了過來，如同往常，我依舊看不透這個孩子的想法。

「如果我不答應會怎麼樣？」

蒼狼聳聳肩，不置可否。

「你有權利不答應，但本王身為你的表兄，自然希望你留下來，只要有能讓你留下來的方法，本王都會盡力嘗試，如果留下某人就會讓你想留在這裡，那本王也會想盡辦法把那人留在北蒼國。」

糟糕糟糕，他提出這麼優厚的條件，老太太我心中直喊不妙，忙三步併作兩步衝上前，拚命搖晃楚明的手臂。

「楚明，你聽娘說，你回到大榮國也是好處多多，娘可以替你剝栗子，呃，小軍可以跟你談古代軍制、小海可以幫你剔魚刺、小殷可以幫你做衣裳、小風當你的涼扇，有小翊當弟弟你就有喝不完的雪蓮湯……」

「……娘，妳說的那些分明都是弟弟們平時幫妳做的。妳除了替我剝栗子外，還身兼花錢如流水和製造麻煩。」

「你、你這是在嫌娘花得多囉？」我氣嘟嘟的把手伸出來，四、五個心愛的鐲子掛在上面，我牙一咬，一口氣脫下——一個！

「大不了娘就不要……一個嘛！」

「我沒有嫌娘花得多，也不嫌娘麻煩。」

「不然你幹嘛提這件事？」

「只是覺得這也是不錯的選擇。」

一句話讓老太太我的臉都垮了。

「瀅瀅，這也是人之常情，丞相再怎麼樣也要屈居於王族之下，一輩子為人臣，他若是留在北蒼，將是一人之下萬人之上，更可以說是王位的第一順位繼承人，身分崇高。」

難道楚明這孩子真的想當國君嗎？我可憐兮兮的望著楚明，巴望這孩子快快清醒，要知道富貴如浮雲，楚家的浮雲已經很多了，沒必要去別家。

「這件事，就讓在下暫且考慮考慮。」楚明道，握住老太太我的手。

「反正距離水壩建好至少還要兩、三個月，在娘他們回國之前，在下應該都還有考慮的時間吧？」

「當然。」蒼狼道。

＊　＊　＊

夜深時分，月明星稀，有不速之客悄悄前來。

「叩叩叩——」

「是誰？」

「叩叩叩——」

門被拉開，透出一室暈黃的燭光，楚軍披著單衣，皺眉探出頭來，見是老太太我，滿臉詫異。

「娘？現在都什麼時辰了，妳怎麼會來？而且妳這身是什麼打扮，拿斗篷把自己包得像個黑衣怪客。」

「小、小軍……」因為在被子裡翻來覆去不下數十遍仍然睡不著，心裡頭悶得難受，連說話都帶著鼻音。以往有煩惱我都會去找大兒子幫忙解決，可偏偏這回煩惱即是來自他，想來想去只好來找楚軍。

「外面冷，娘快點進來。」

房裡收拾得很整潔，暖爐的溫度比老太太我房內低了不少，果然練武之人就是不怕冷，見我直打哆嗦，楚軍就拿火鉗子往爐裡加了幾塊炭，又撥了撥火爐。

「一會兒就暖和了。」

「嗯……好、好哈——啾——」

「裡頭穿這麼薄，娘又只披件斗篷就出來，是存心要把自己凍成冰塊不成？」

我幽幽橫了楚軍一眼，嘆息道：「棄我去者，昨日之日不可留，亂我心者，今日之日多煩憂……哈啾——」

「娘，都什麼時候了妳還有心情吟詩？」

「娘想表達一下感傷的情懷……」

「也不是選在這種時候表達，娘不知道那些酸腐文人最後都把自己凍死嗎？快過來。」

我乖乖坐到楚軍身邊，他立刻往我懷裡塞了一個手爐，又把自己的厚氅拿來替我穿上，因為他人高馬大，厚氅給我穿之後有半件都拖在地上，然後他又把手摀上我的臉頰替我熱臉。

我一時沒事可做，又不能吟詩，只好把視線投向桌上。

「《談古今之中外名將錄》？小軍！都什麼時候了，你還有心情看這種東西。」

「鑑古推今，娘覺得哪裡不好嗎？」

「鑑古推今當然很好，但你不覺得有更重要的事情該處理嗎？」

楚軍把我的臉摀熱了後，又握住我的手。

「怎麼抱著手爐半天，娘的手都不暖？」

「剛剛娘就想說了，這手爐裡一點炭火也沒有……」

「呃……」楚軍臉上難得出現一絲窘迫。「平時沒有用手爐的習慣，竟然忘了這回事。」

「沒關係，娘不介意手爐暖不暖。其實娘今晚來找你，是想跟你談談你大哥的事情。」

「大哥？」

「對，所有兄弟之中，就你跟楚明的年紀最相近，平時在朝廷上又合作無間，娘知道你們感情很好，想說你能不能去勸勸你大哥，哈啾——留在北蒼國可不是什麼好事，王家的飯看起來金光閃閃，其實吃下去才知道沒那麼好吃，我們還是當當官拿鐵飯碗，吃公家飯吃到死就好……哈……哈啾——」

「娘是要我去勸大哥？」

楚軍不忍，伸手把我抱到懷裡，他的體溫比暖爐還高，我整個人像泡在熱水裡面一樣舒服。

「對。」

「娘為什麼想要大哥跟我們回家呢？」

「哪有為什麼，我們是一家人啊，楚明當然要跟我們回去。」

「可是這裡的人對大哥來說也是親人。」

「這……這……有沒有一起生活過更重要啊！」

「是這樣沒錯，但我總覺得，比起大榮國，也許北蒼國是一個更能讓大哥一展長才的地方。」

楚軍這孩子說話公正中立，老太太我嘟起嘴，沒法反駁。

「大哥他有治家治國的長才，大榮國畢竟是小國，對於大哥來說是有些大材小用了，即使不靠大哥，大榮國的國君只要不成天去追跳水的王后，其實也能把大榮國治理得井井有條。」

「是這樣沒錯……」

「那麼這樣看來，大哥留下也不是壞事。」

「可是你們是親兄弟，親兄弟應該要在一起……」

「天下無不散的筵席，也許這是一個能讓大哥高飛的好機會，雖然北蒼國並不如大榮國安穩，可是我相信大哥一定能在這裡成就一番事業。」

「小軍！人家不是說勸合不勸離嗎，你怎麼勸離不勸合……」

「娘，那是人家用在夫妻吵架，這會兒大哥跟誰夫妻吵架了？」

「沒有……」

「其實我也不是支持大哥留下來，只是娘好好想一想，這麼多年來，大哥是一家之主，又是一國丞相，扛著的擔子十分沉重，我們從來沒問過他想要什麼樣的生活，只覺得這一切都理所當然。然而這是大哥的人生，不管他想怎麼決定，我都會支持他。」

一番話說得老太太我啞口無言，本來準備一肚子要說服楚軍的話也跟著煙消雲散。老太太我平時自詡是開明的娘親，現在這孩子正面臨人生中重要的抉擇，可我竟然還想左右他的決定，不由得幾分羞愧。

「只是……娘一想到你大哥可能會離開我們，心裡就好難過……」

我嘆氣，手在楚軍胸口上摸啊摸，沒想到看起來硬邦邦的肌肉，其實摸起來意外的有彈性，貼著胸口還能感受到楚軍陣陣的心跳，不禁玩心大起，像戳麻糬那樣到處亂戳，驀地卻被他一把捉住。

「娘，這樣不好。」

「小軍，你的肉比麻糬有彈性耶！」

「……」

「不能再戳幾下嗎？」

「不行。」

「那一下呢？」

「男女授受不親。」

「我是你娘！」

「好吧……」

楚軍這孩子果然受不得人軟磨，很容易投降，老太太我邊戳邊說：「唉～你們還小的時候，娘擔心不能好好撐著這個家等到你們長大，現在你們長大了，娘又擔心你們各自高飛離開娘的身邊，為人爹娘怎麼這麼辛苦。」

「我不知道大哥跟弟弟們的想法，但是我不會走。」

「小軍？」楚軍臉上嚴肅無比，老太太我愣了一下。

「我是武將，但我並不喜歡殺戮，我希望自己的能力能被用在保衛和平，保衛重要的家人，在大榮國已經有我畢生追求的一切，所以娘永遠不用擔心我。」

「小軍……」這孩子平時腦袋硬得跟石頭一樣，曾幾何時也會說這麼柔軟的話？一定是跟小殷偷偷學了兩招。

驀地從遠處有雜亂的呼喊逐漸接近，我跟楚軍都一愣，不曉得發生什麼事情，沒一會兒就聽見楚翊的聲音在外頭響起。

「二哥！你還醒著嗎？發生大事了！」

「怎麼了？」

「娘不見了！」

楚軍跟我互看一眼，我朝他尷尬一笑……我沒跟任何人說就偷跑出來了。

「怎麼辦？二哥，大哥還在書房跟北蒼國國君討論水利之事，我半夜去偷襲，呃不是，探望娘的時候，發現娘不見了！」

楚翊焦急的把門板敲得碰碰響，卻忘了自己有武功底子，一不小心力道用得大了些，門上立刻出現一個大洞，他接著往裡面一瞧，正好看見我跟楚軍兩人坐在一起。

「娘？呃……二哥？」

「娘很好。」楚軍說著，突然當著楚翊的面，慢慢把手纏到老太太我的腰上。

「二哥你……」楚翊的抽氣聲好尖銳，像被人踩扁的烏鴉。

「你們怎麼可以這樣！四哥也是、五哥也是，你們都偷偷出手，卑鄙！無恥！」

這些話聽得我大皺眉頭，小翊的臉明明那麼可愛，怎麼可以出口就罵自己的兄長呢？而且這些難聽的話是從哪裡學的？好啊！肯定是綠林好漢出身的老不修郝伯，把些壞習慣都教給我兒子了，看我回去不扣他薪水！

「這麼多年來都讓你，算很客氣了。小——弟——」楚軍一挑眉，打趣的回應。

難得看楚軍跟弟弟抬槓，很是新鮮，總覺得這趟旅程得到答案的不只是老太太我一個，這些孩子們也一起改變了。

「娘！」楚翊跺腳大喊，踹開殘破的門衝進來。「妳怎麼可以變心愛上別人？說好什麼都答應我的。」

「呃……娘沒有變心，小軍也是你二哥啊……」

「有，妳以前還答應我不會跟別人好，娘怎麼都忘了？」

「真的嗎？」最近是有點健忘，老太太我忙搜索枯腸，掙扎著要鑽出楚軍的懷抱。「是娘不好，娘錯了，小軍，你快放開娘。」

平常楚軍這孩子是最聽話的，果不其然，經老太太我一要求，他就緩緩鬆開手，老太太我正扭著身子要跳出他的懷抱，突又被人攔腰一抱，一陣天旋地轉下，我已經掛到楚軍的肩頭，只剩一雙腳在空中亂蹬。

「二哥！好卑鄙！」

「有種就來搶啊！」

呃……楚軍這孩子什麼時候說話像個山大王了？難道這是跟楚軍的娘有淵源嗎？聽說楚瑜的武技是跟楚軍的娘學的，他娘以前是個占山為王的山大王，見到押送賑災官銀的楚瑜路過即一見鍾情，把人打昏扛上山寨……呃，不久以後就有了楚軍……

聽說那女子是什麼流放的將軍之女，後來楚瑜把她家的冤案平反了，恢復昔日榮耀，可是那一身山大王的習氣仍舊沒改掉。

我還以為楚軍這孩子經過教育後已經完全脫胎換骨，怎麼還留著山大王樣？

「你們——是說你們打架幹嘛又把娘放在中間啊——」

第四章

後面的日子老太太我過得戰戰兢兢，每日對楚明這孩子噓寒問暖，早上叫他起床吃飯夾菜給他，下午還把點心分他一半，務必要讓他覺得有娘的孩子像個寶，放棄那勞什子的北蒼國王子之位跟老太太我回家。

偏偏楚明這孩子總是表現得不冷不熱、不鹹不淡的樣子，看半天也不知道他心裡在想些什麼。

就在這樣忐忑的日子中，水壩終於完成了，王殿底下的冰棺大半已經移走，楚瑜因為身處內部，於是被放在最後移動。

一早我就坐立難安，跟五個兒子一起圍在冰棺附近，見工人細細敲打楚瑜身邊的冰，先敲出一小條細縫後，沿著楚瑜的身體敲出一個圓，再清除這個圓以外的冰。

此時柳眉夜提個籃子下來，把工人敲出的碎冰都撿進去。

「終於能回去跟師父交代了。」

「你回去了，那我呢？」琦妙一聽他這麼說，立刻嚷嚷起來。

「妳……呃妳……」

「難道你想拋棄我？你這個負心漢。」

「我……我當然沒有打算拋棄妳……」

「等等等等！」這一段話聽得老太太我一陣困惑，探頭問道：「你們兩個孩子什麼時候走在一起的？」

柳眉夜不擅言詞，聽見我的問話，張大嘴看過來，眼中有些無可奈何，反而是琦妙表現得落落大方，自動自發把手插進柳眉夜的臂彎內。

「喔！有天他不小心中毒，然後我又被仇人追殺，他忍著毒發的痛苦帶我殺出重圍，我覺得能夠忍那麼久的毒真是了不起，值得好好研究一下，於是欽點他當我的丈夫。」

「……」怎麼聽起來柳眉夜不是去當丈夫，是賣身去當試毒人？

「這樣就能萌生愛情嗎？」我忍不住轉頭問莫名。

莫名來得晚，手裡還拿著一個飯糰充當早飯，而因為冰窖內太冷，吃到後來，他手上的飯糰都發出了喀吱喀吱的聲音。

「夫人，應該這樣說。這位小兄弟一開始會中毒，是因為某人亂發脾氣，把毒到處亂扔，他本想要阻止，結果卻中毒倒下。而某人因為把毒亂灑，導致被仇人追殺時身上無毒一籌莫展。這小兄弟本來是想自己逃亡，卻被某人一把扒住了背，逼不得已只好揹她著一起逃亡，於是成就了一齣可歌可泣的感人故事。」

「這、這是能萌生愛情的模式嗎？」老太太我看那麼多才子佳人的愛情故事，就沒聽過這麼稀奇古怪的。

「誰知道，反正我是少了一個麻煩。」莫名聳聳肩，繼續咬他那顆冰飯糰。而琦妙跟柳眉夜還在繼續吵鬧不休。

「那我要跟你回去。」

「可是師父不喜歡見生人……」

「我是你未來的娘子，當然不是生人。」

「我還沒有心理準備……」

「你是個大男人，哪裡需要什麼心理準備？」

「可是……」

「不讓我跟你去我就毒死你，答不答應？」

「好……」

顯然柳眉夜沒見過多少世面，明刀明槍的男子漢他能擋，對琦妙這種會使千奇百怪的毒的女孩他卻沒法子，老太太我暗嘆一聲，難怪人家說緣分天註定，誰知道琦妙竟然最後會跟柳眉夜走在一起？

工人們鏗鏗鏘鏘敲冰的聲音不絕於耳，目前已經清除掉楚瑜身邊一半的碎冰了，我看著這一幕，意外的沒有哭。不管是以什麼形式，楚瑜總算要跟我們回家了。

驀地，錐子沉沉打入土中，出現了一個特別沉的聲音。我不甚在意，楚明的臉色卻變了，飛奔上前察看。

「怎麼回事？」

「好像挖到了什麼，這下面的冰層比我們想像中還薄。」工人道，一臉困惑。

楚明想也不想就把手探入方才的裂縫，旋即痛叫一聲，再拿出來時，手指前端已經有點微紅。

「土好燙……麒麟脈移動、浮上來了！」

「什麼？怎麼了？」楚明的態度讓老太太我緊張起來，提著裙襬奔上前，可楚明卻把老太太我推離他身邊。

「快出去，大家統統都出去。」

「為什麼？」

「這裡馬上就要崩塌了。」

「什麼？」我跟其他兒子們異口同聲，不敢相信。

「麒麟脈的位置改變了，爹所處的這個冰棺下面就是麒麟脈的源頭，我們想要移動這塊冰，結果反而讓麒麟脈的地氣冒出來了。」

「這是什麼意思？」

「這裡是冰窖，能夠維持這個狀態是因為長年嚴寒，可要是等一下熱氣整個冒出來，這裡全部都會融化崩塌的，我們快點退出去。」楚明喊著，指示工人疏散。

楚明說的沒錯，從方才挖開的一條小縫，我已經能看見白煙從那裡冒出來，漸漸把楚瑜包起來，而裹著楚瑜的那一塊寒晶眼看快抵擋不了這股熱氣，正慢慢融化中，逐漸將裡頭的楚瑜暴露出來。

「不要——不要——」我開始尖叫，甩開楚軍拉著我的手，不顧一切撲上去想要阻止，一旦寒晶融化，楚瑜就會灰飛煙滅的！

「楚瑜！你不要走！」

「娘！」

「娘！」

「夫人！」

地面開始震動起來，本來積藏在地底的熱氣得到發洩的出口，一湧而出，讓人連站都站不穩，我跌跌撞撞奔上去，卻被熱氣燙得無法靠近。

楚瑜……你連死了也不願留下什麼給我嗎？你知道對著一座空蕩蕩的墳墓哭泣有多悲哀嗎？

「娘——」

楚明離我最近，奔上來拉我，我毫不猶豫的甩開他，拚命把手往楚瑜那邊伸去。

「娘！」

是楚翊，他慌亂中朝我伸手，我不沒理他，只是更往楚瑜那邊靠過去，驀地腳下一個踉蹌，我摔到冰棺旁，貼在冰冷的寒晶上。

「楚瑜！楚瑜……」我來了，這一回輪到我來保護你。

「娘，不行！」

是楚殷的聲音，他的面孔在白煙外變得模糊不清。

「公子，快走，再不走就來不及了。」莫名難得大聲說話一回，卻在工人的爭相推擠中被擠出去。

我手下的寒晶一寸寸消融，只差一點點我就要碰到楚瑜了，我看著他的臉離我越來越近，心中坦然，貼著冰挨上去，就像以前那樣靠在他懷裡。

「你們都走吧！」

「娘，妳在胡說什麼！」楚軍試圖衝到我身旁幾次卻都不成功，從裂縫漫上來的熱氣越來越熱，他的手臂跟臉已經被燙得發紅。

「娘要留下來，娘想要留在這裡。」跟楚瑜在一起，到哪裡都好，生無同寢，死求同穴。

「不可以！」

我分不清這句話是哪個兒子喊的，也許是他們一起喊的。我沒辦法叫他們離開，因為我也離不開楚瑜。

楚瑜身邊的裂縫越來越大，其他空蕩蕩的冰潭也開始出現裂紋，白煙次第冒出，本來結凍的冰窖頂部已經開始落下水滴，幾個兒子圍在熱氣形成的屏障外，怎麼樣也不肯走。

「你們走啊！不要傻傻送命在這裡。」

「如果不帶娘一起出去，我們就不走。」楚翊異常堅持，本來綁成一束的馬尾已然散下。

「你們……」

我來不及反應，手下的冰已經消融到最後一層，被我的力道一按，隨即碎開，我實實在在的碰到楚瑜，跌進他的懷裡，白煙蒸騰下，他的臉美得失真，我幾乎以為他開始呼吸了，拚命的想要呼喚他。

「楚瑜，楚瑜！」

可是他沒有回應，底下的寒晶融化成水，冰棺一點一點沒入水裡，再這樣下去，我即使不被熱死，也會被淹死，而失去寒晶保護的楚瑜有一半的身體沉入水中，另一半已經開始化為粉末，我見他的指間逐漸消散，宛如那晚的杏花，一點一點落成星辰般的細末。

「楚瑜……」

這就是我想要的結果嗎？眼前的楚瑜仍然帶著笑，沉入水中的臉龐開始模糊不清。

「娘！如果爹還活著，爹會想看見這一幕嗎？」

一句話高過所有紛沓雜亂的聲音，傳入我的耳中。我抬起頭，見楚風站在眼前，臉上滿是哀傷，我甚至不知道楚風是什麼時候靠近的。

「我、我不知道……」我慌張的想要阻止楚瑜的消逝，拉過他的手浸入水中，可是隨著水溫升高，楚瑜也一點一點的消失。

「小風，你幫幫我，你快幫幫我，這是你們的爹啊！」

楚風蹲下身，看著半身同浸在水裡的我，他的眼神哀傷，卻柔和。

「娘，妳就讓爹走吧！妳一直看著這裡的爹，可是爹也一直在看著妳。」

「什麼意思？」我不懂，愣愣的抬起頭，大顆的眼淚順著面頰滑下來。

楚風撫上我的臉，把那些眼淚都抹掉。

「有些事情，只是眼睛看不見而已，不代表它不存在。」

「那楚瑜在哪裡？你告訴我！」

我捉著楚風的袖子就是一陣拉扯，楚風的唇囁嚅了下，我想聽清楚，就鬆開手搭上楚風的肩膀。

「爹就在……」

旋即我的後頸一陣刺痛，全身軟麻無力的癱下來，隨即見到楚軍、楚翊包著大氅，衝過熱氣屏障。

「做得好，五弟。」

「我……不……要……」

我沒法掙扎，只能眼睜睜看著他們把我放到楚軍的背上，又衝過熱氣出去。楚明楚殷在前頭開道，他們帶著我閃過無數的冰柱，朝越來越近的洞口前進，可是楚瑜卻離我越來越遠，當我們衝出地窖時，裡頭傳來轟隆隆的聲音。

我無聲喊了一句：「楚瑜……」

＊　＊　＊

「緣分盡了。」

無名大師笑吟吟的站在我面前，我愣了一下，左顧右盼，這是當年那片梅花林，可是雪已經融盡，滿樹的梅花燦燦開放，畫眉鳥在枝頭跳躍。

這裡是我跟楚瑜初見的地方，而我仍是那時的打扮。

難道我又回到當年了嗎？

「楚瑜大人，他在那裡等妳。」

無名大師往林內一指，我大喜過望，連道謝都忘了，拔腿就往林中奔去。

赫然眼前有一人負手站在樹下，正仰望枝頭上的梅花，那側臉是我再熟悉不過的。

「楚瑜！楚瑜！」我大叫著飛奔過去。

楚瑜轉過身來，卻沒有像往常一樣把我抱個滿懷。

「今年的梅花，開得比當年好。」

「是因為楚瑜要回來了，所以才開得好。」

「瀅瀅。」楚瑜臉上漾著笑。「可不管開得再好，依舊不是那一年的梅花。」

他這句話，讓我的笑容凍結在臉上。

「楚瑜，你是什麼意思？」

「我要走了，瀅瀅。」

「走？走去哪裡？」

「到我該去的地方。」

「那帶我一起去！」

「那裡不適合妳去。」

「你走了，剩我一個該怎麼辦？」

「妳不是一個人，瀅瀅。」楚瑜伸出掌，手中有一朵乾枯的梅花。

「這是當年妳與我的緣分，妳跟我的緣分已經盡了，我們的緣分註定無法結果，而妳已經有了新的緣分。」

「你說什麼？」

楚瑜含笑，伸手從我髮髻上取下一朵梅花，不知何時，我又變回了二十二歲的模樣。

「妳看，新的緣分，還不只有一朵。」

那是楚殷別在我髮上的，毫無乾枯、依然潔白如初落。楚瑜放進我的手心，語氣和緩。

「妳是我最放不下的牽掛，瀅瀅。妳也是我這一生最大的意外，跟妳在楚府相處的那六年，我沒有一刻後悔。不管是十歲的妳、十三歲的妳，或者十六歲的妳，我對妳都有著不同的感情。」

楚瑜輕笑一聲，我卻淚流滿面。

「那你最後，是真的愛我嗎？像愛情人那樣愛我嗎？」

「如果不是這樣，我為何對妳放不下？有時候看著兒子們跟妳的相處，我都很妒忌。」

「楚瑜也會妒忌？」

「當然會，我也是普通人啊。我妒忌他們有我沒有的未來，我是他們的爹，我當然明白他們怎麼看著妳，想到妳會被搶走，這把年紀的我心裡還是會不平衡，於是才絆著妳這麼多年。」末了，楚瑜深深一嘆。

「可是，這許多年過去，我也該對妳放手了。」他把我深深擁進懷裡，話語變得模糊不清。「瀅瀅，我若死了，妳便……」

梅花倏地被風捲起，像是千堆雪般在空中盤旋，我閉上眼，覺得身邊有什麼永遠的失去了，心中好空，卻有一種難以言喻的輕鬆感。待我再張開眼，什麼都沒了，梅花盡落，只剩我一個人站在光禿禿的林中。

我不知道自己站了多久，也不知道自己該往哪裡去。

「娘。」

誰叫我？沉靜得彷彿春天的聲音。

我順著黃泥地看過去，一身白衣、仙氣飄飄的楚風就站在路的盡頭。他沒有走過來，只是靜靜朝我伸出手，又叫了一聲。

「瀅瀅。」

從娘變成瀅瀅，好奇怪的感覺，可是我忍不住笑了，一步一步朝他走過去，眨眨眼，楚風身邊多了一個人，虎背熊腰，說話嗓門總是嚇死人，動不動就要練飛劍的兒子。

「小軍？」

楚軍淡淡一笑，也朝我伸出手。

接下來，楚殷、楚翊、楚海一個個浮現在眼前，每個都在笑，最後那個長得最像他爹的大兒子現身，走上前對我伸出手，六人彷彿事先練習過，很有默契的喊了一聲——

「瀅瀅！」

我淚中帶笑。原來，當我分開來看他們每一個人時，他們就是獨立的個體，可是當我看著他們所有人的時候，楚瑜就出現了……

我流著淚睜開眼，床邊有六張擔憂的面孔。

「楚明、楚軍、楚海、楚殷、楚風、楚翊……」我一個一個點名，胸口被什麼填得滿滿的。

「娘！」

「娘醒了！」

「娘沒事吧？」

我虛弱一笑，心中卻覺得無比安慰。

「咳咳，各位公子，你們不要擠在床邊，請弄清楚誰是大夫好嗎？」莫名咳了一聲，涼涼道，六個兒子立刻讓出一條康莊大道。

莫名上來替我把了下脈，又讓人端來一碗藥，我光聞著嘴裡就發苦。

「說什麼也不能讓招牌砸在夫人手上，快喝藥吧！」

我環視眾人一圈，大家都緊緊盯著我，我一口一口啜著那碗藥，還一邊發表感言。

「誰說心中感動藥也能是甜的……那人一定是舌頭有問題，老太太我喝還是苦的……」

眾人面面相覷，全都笑出聲來。

＊　＊　＊

楚瑜的事情，像是隨著那一夜過去了。

冰窖毀了，為了引水經過麒麟脈，王殿因而遷址，這對北蒼國可是件大事，引起國內百姓議論紛紛，可是楚風一句「這是麒麟的旨意」就讓大家閉上嘴。後來在我追問了下，楚風卻說他不認識什麼麒麟。

隨著麒麟脈往外延伸，自北蒼國王都附近的城鎮，土地不再結凍，春日來臨，人民發現播種的時間提早了，驚喜連連，對於蒼狼也更加敬服。他在即位的同時還減免賦稅三年，讓人民可以從連年的戰火中休養生息，成了最受人民愛戴的國君。

這些，都是聽兒子們轉述的，我只是待在別宮內喝茶吃點心。人老不中用了，一些事情就交由他們年輕人去辦吧！

我不知道楚海為什麼會突然出現，可也不去追問，只是靜靜享受有兒子在身邊的時光，聽聽曲下下棋，跟景天太子一起吃茶點，唯一改變的地方就是喝藥喝得勤快了些。

莫名為此不知道為什麼有些遺憾，日日來我房裡擦金針。不時暗示我可以少喝點藥多挨針，我聽的莫名其妙，後來琦妙私下解了我的疑惑，原來我是莫名最有反應的病人，他說我這麼怕疼的人天下間找不出第二個，突然不能針我他心中好不落寞。

此時老太太我才知道自己平時都當了莫名的娛樂。

至於楚明會怎麼回答蒼狼，我也不打算去追問他，既然是我的兒子，我便相信他，不問第二句話。

就在這樣的日子中，我慢慢等待回到大滎國的日子，終於在兩個月後，蒼狼把我們所有人都找進王宮書房。

「現在可以給本王答案了嗎？」

所有人的視線都集中到楚明身上，想聽他的回答。

「謝謝國君的美意。」楚明聳聳肩，從袖中抽出扇子。

「在下打算回到大滎國。」

蒼狼臉上露出訝異，似乎沒料到楚明會這麼回答。

「我明白北蒼國國君不會輕易放我們走，於公於私，把我們留在北蒼國都是有百利而無一害，我們不可能真的掀起兩國間的戰爭，但也不能就這樣把我們放回大榮國去。」楚明淡淡道。

「喀吱喀吱喀吱——」

小松鼠嚼食的聲音突兀地出現，眾人的眼光立刻往我這邊掃過來。

「呃……我前幾天看見小松從樹上掉下來，還受了傷，好可憐的樣子，所以我就把牠帶回來養……你們繼續，別管我。」我尷尬一笑，護著掌上的松鼠，牠正忙著啃一顆堅果。

「可即使如此你還是要走，那麼本王就會把你重視的人留下，這樣你還走得了嗎？」

「在下當然知道以我們兄弟幾人是無法與北蒼國的幾萬名士兵抗衡，不過——」

「嗶咻——篤篤篤——」

一聲更尖銳的叫聲從窗外傳進來，同時伴隨著篤篤篤的撞擊聲。

「啊！是小準！」我忙跳起來打開窗子，一隻幼鷹隨即飛進來，盤旋了一圈落在我肩上。

見眾人又在看我，我尷尬一笑。

「喔……上個月散步的時候，在花園撿到被凍暈的小準，我們現在感情很好。」雖然牠每次來找我都吃完肉就飛走，從不留戀。「你們繼續，別管我。」

「娘，妳怎麼隨身攜帶生肉……」楚殷皺起鼻頭，抱怨了兩句。

「娘這是為了小準……」

那頭的楚明和蒼狼則回過頭繼續談論正事。

「不過也請國君為這個國家的人民想一想。」楚明道。

「這是什麼意思？」

蒼狼的臉一沉，我正要餵小準吃肉，還要分神聽他們現在說到哪，一心兩用，忙得不得了。

「雖然說現在藉由麒麟脈興建的水利工程已經大致完成，但北蒼國連年災荒是真，恐怕在收成之前，所有的糧倉都是空空如也。」

「那又怎麼樣？」

「沒怎麼樣，在下聽說北蒼國因為與南方各國處得不好，和西方的貿易素來頻繁，剛好我有個弟弟在做點海上貿易的小生意，一查之下，發現您今年向西方買了幾萬石的糧食救急，假使這批糧食春天進不來，恐怕在夏天來臨之前就要餓死一大批人。」楚明舉扇輕抵脣邊，臉上閃過一絲笑容。

我記得他之前暗算上任丞相時也是這麼笑的……

「不知道我說得對不對？」

「難道你……」

「在下什麼都沒做，甚至還請三弟幫忙，以楚家的名義多買了幾千石的糧食運回來。只是——有個但書，要是我們一行人不能平安離開北蒼國，那麼連同之前幾萬石的糧食，一粒米都不會運進北蒼國的港口。」

「吱吱吱吱吱——」

「嗶咻——嗶咻——嗶咻——」

因為我忘了夾肉和補充堅果，小松與小準一齊叫起來，霎時房內一片鬼哭神號，不知道的人還以為發生了什麼事。

「大哥說的沒錯，如果沒見到我們平安上船回國，海幫的人就不會放行。」楚海聳聳肩。難得他到陸地上不暈地，顯然有經過特訓。

蒼狼手中的筆桿硬生生折斷，表情仍然高深莫測。

「你是什麼時候料到的？」

「沒什麼，我是一家之主，總該為我們楚家能否全身而退設想。俗話說得好，不怕一萬，只怕萬一。」楚明展扇一笑。

老太太我覺得這兒子真是太有當家的風範，簡直想撲過去親他兩口，就說他不會那麼輕易拋下我們。

蒼狼沉思了一會兒，甩開那枝斷成一半的毛筆，又從筆筒中抽出一枝新的。

「真可惜，其實本王是真心希望你留下。」

「多謝抬愛，但在下喜歡住在溫暖的地方，這裡太冷，還是留給您住吧！」

桌後的蒼狼聽見楚明的話笑了起來，突然將視線落到我身上，老太太我正哄著小準吃肉，被他這麼一看嚇了一跳，失手把那塊肉掉到地上，惹來小準一陣怪叫。

「那你們打算什麼時候回去呢？」

「越快越好。」楚明答道，挑起一邊眉頭。「我們越快走，糧食就越快入港，對國君您也好。」

「本王明白了。」

看起來似乎沒什麼事了，我們一行人起身打算離開，蒼狼連忙叫住我。

「瀅瀅。」

「啊？」

「這個給妳。」蒼狼把他剛剛寫個不停的紙捲起，遞到我手中。

「這是什麼？」不是情書吧？

「應該是妳需要的東西吧？」

老太太我需要的東西？我展開一看，赫然是兩國的百年和平協議，北蒼國那方已經完完整整齊齊寫好，王印簽名無一遺漏。

「怪了！本夫人還沒拿出來，你怎麼就知道了？」

「本王早就知道了，從本王一當上北蒼國的新國君，鳳仙太后就秘密派人送來這封協議跟威脅的信，要我別忘了是她放我一馬才有今天。」

「既然太后會這麼做，幹嘛又要叫我負責簽回協議？」我盯著協議看，一頭霧水。

「也許鳳仙太后是想預防萬一，不過本王猜……她更想做的，應該是製造混亂吧！」蒼狼說著，視線落到我身後。

「製造混亂？」我跟著往後看，只看見兒子們發青的臉色。

「她說沒看過你們吵架，想看一下。」蒼狼抿脣一笑，續道：「正好本王也很有興趣。」吵架？難道是說我跟我兒子們？

「不過本王還多看了一齣吃醋的好戲，如果回到大榮國還有好戲可看，記得要招呼本王一聲。」

「戲？誰演的？」我正一頭霧水，就被楚殷捉著往後退。

「北蒼國國君諸事纏身，應該沒有這麼閒吧，還有心情看別人的家務事？」楚明往前一步，護在我身前。

「再忙，也要有人生樂趣嘛！」

「您的戲弄總是半真半假，要是不小心，也許哪天就假戲真做了。」楚軍上前跟楚明肩並肩，語氣戒慎。

「那你們可要當心，看緊一點了。」蒼狼饒有深意的一笑。

到最後，我始終都沒弄懂蒼狼心裡在想什麼，也許這就是帝王之道。

＊　＊　＊

七天後，我們選了一個風和日麗的日子揚帆回國，蒼狼特地來送我們，後面浩浩蕩蕩跟著一堆侍衛。呵，數大便是美，遠看很好看。

北蒼國的前任國君雖然沒有再被囚禁，卻終日在宮內抑鬱不出，北蒼國太后對於蒼狼奪位此舉深表不滿，已經搬到遠離王城的別院去居住了。柳眉夜跟琦妙搭我們的便船，打算從大榮國再轉往南回南華國，小墨也跟我們道別，回戲班繼續唱戲了，我跟她約好若來訪大榮國，一定要來找老太太我。

慕容茹星沒能來送行，只有藍君悅抽空來了，聽說成親後的慕容茹星每天早上都累得爬不起來，每個人聽了這句話臉上都露出了然的笑容，只有老太太我一頭霧水，但在兒子面前不能失禮，也只好硬著頭皮裝懂。

「一路小心。」蒼狼跟我們一一道別，到我的時候，臉上掛著調皮的笑。

「本王想你們這一回去，肯定又是一派其樂融融、天上人間。」

「喔呵呵！好說好說，我們楚家本來就是積善之家，以母慈子孝出名的，這是應該的。」

「本王見自己的表弟老這麼忍著，怕忍久了對身子不好，會憋出病來。」蒼狼淡淡一嘆，語氣遺憾。

「楚明忍著什麼了？難道他都不去茅廁？」我不由得納悶。

蒼狼不答，把一個布包放到我手裡。

「我想這裡面的東西是屬於妳的，挖開王殿地板時找到，似乎是被融化的水沖過來的。」

「謝謝。」我低語，發覺這布包拿在手裡很輕，沒什麼分量。

待揚帆出海後，老太太我自己坐在甲板的軟椅上拆布包，結果從裡面滑出一枚繡著雞，不是，是繡著鳳凰的平安符。

我愣了一下，沒想到還會再見到它。我曾經說過我把我的運氣都縫在裡面送給楚瑜，現在它又回到我身上，這代表什麼呢？

我看著發愣，甲板上突然颳起好大一陣風，楚翊像隻猴子敏捷的抱著船桅滑下來，朝我大喊。

「娘！起風了！」

起風了，本來平靜的海面起了波浪，彷彿有什麼事情即將改變。老太太我愣愣的拿著平安符，想起楚瑜給我的最後一句話，對著廣闊的海洋陷入沉思。

第五章

春天的海面風平浪靜，我們的船順流而下，很快就抵達大榮國的港口。抵達那日，港口人山人海，把老太太我嚇了一跳，縮在船上不敢出來。

「哀家親自來接妳了，瀅瀅。」

鳳仙太后甜笑著，親自上船來接我，她後頭跟著一長列浩浩蕩蕩的文武百官，小季站在她右手邊，整張臉興奮得發紅，顯然是第一次被任命為隨行記錄，而副丞相上官傲就跟在他身邊。

我一看這幕就想暈，鳳仙太后鳳駕親臨，十之八九都不會有好事，景天太子早已經被人迎下船去跟自己久別的父王母后甜蜜團圓，更別說我的六個兒子都被祝賀的官員們包圍，分身乏術。

「太后……太后萬福……」我乾笑著，不知道鳳仙太后是施了什麼法術，竟然可以讓我們楚家從私自出逃的重刑犯升格成簽訂條約載譽歸國的大功臣。

鳳仙太后笑著彎下腰，塗著蔻丹的十指揪住老太太我的領子。

「跟哀家回宮去。」

「啊？」

「把北蒼國的事，一五一十給哀家說清楚。」

當下鳳仙太后二話不說就把我抓回大榮國王宮內，而宮裡的人早已接到消息，把殿外擠得水洩不通，等著看好戲。

既然太后有令，老太太我只能遵從，隨即將經過娓娓道來，鉅細靡遺的解釋加上一些戲劇化的鋪陳和誇飾，不時引來眾人驚呼，尤其鳳仙太后特別激動。

一說到北蒼國前任國君打算封我為妃，太后氣得把劍都舉起來了，後面三個侍衛一齊撲上來捉住她的裙襬求她千萬冷靜。

「那國君竟然想娶哀家的寵物？好大的膽子！」

無意間知道自己在太后心中的地位，老太太我不知道該開心還是難過，而太后身旁的小季身為這次隨行的記錄官，看得出來十分盡責，一枝筆很起勁的寫個不停。

「本史官小季有幸能記錄史上第一次大榮國與北蒼國百年交好的詳細經過。說到北蒼國的前任國君竟打算納我國大榮楚家的夫人為妃，讓人聽了群情激憤，太后拿劍要砍人腦袋，本史官氣得差點把筆折斷。」

「話說這位史官小季，本名百季，自小以寫史為天職，忠君愛國，要是有誰欺侮大榮國的人民，絕對要把他寫在史書內讓他遺臭萬年……」

我估計小季這回寫的東西，大概又無法納入正史之中了。這隨行書記說著好聽，可真正記錄的人應該是跟在小季身邊的史官助手，誰讓小季有個後臺硬的情人，沒人惹得起。

說到楚明病了那段，鳳仙太后撫額大嘆。

「什麼？丞相病了？怎麼沒給病死？」

那語氣中絲毫沒有玩笑的成分，讓老太太我不禁懷疑楚明到底哪裡得罪太后……

講到第二天的時候，大榮國國君榮艾先也來了，整個大榮國太后不上朝，國君也不上朝，王后來湊熱鬧，一半的宮女侍衛都擠到宮外偷聽。

有些人搶不到位置，只能眼巴巴在外面等待，等前面的人聽完再出來轉述，一個傳一個之下，老太太我聽到最扯的版本是老太太我簡直變成女神龍，飛天遁地、救兒簽約無所不能，最後連北蒼國國君都被我迷住。

關於楚瑜的部分，我輕描淡寫的帶過了，只說到之前來的楚瑜是假的，而我們幫助蒼狼找到麒麟脈的事。

連同其餘的部分，我足足講了三天才講完，每個人都聽得心滿意足，末了大家還票選最感興趣的對象，結果竟然是長得像蛇的國師，我想大概是因為畢竟大家從沒看過像蛇的人。

老太太我最後眼痛嘴痠的被送回楚府，發現郝伯眼紅紅的來接我，讓老太太我有些感動，還以為這個老不修終於有點人情味，卻發現他伸手扶我時一身洋蔥味。

回到熟悉的家裡，我大吃一頓後倒頭就睡，醒來時，六個貼身婢女全圍在我身邊眼眶泛紅，這回我確認她們的眼淚是真的了，因為沒有洋蔥味。

「夫人！您讓香蘭擔心死了！」

「是啊，春桃跟秋菊出去找夫人，結果卻去了這麼久。」這一身淡綠衣裳的是香鈴，說起話來清脆悅耳。

她們團團圍繞，把老太太我伺候得很服貼。

「九季琉璃雲織外裳送來好久，夫人總算能穿上。」香鈴微笑著上前，捧著一襲攤開的外裳。

「夫人今天要戴什麼首飾？這串孔雀石手鍊雖然不是價值連城，倒也十分別緻。」

「都好，都好。」回到家什麼都好，吃飽睡好，天天沒煩惱。

「上官夫人來了，已經在外面等了一陣子。」秋菊一邊為我梳頭，一邊細聲提醒著。

副丞相上官傲還沒娶妻，這上官夫人指的自然是他娘，她跟老太太我感情特別合拍，原因無他，因為我們都有急欲推銷出去的兒子。

「是嗎？那怎麼不早點叫醒我？」

「夫人說您累了，要讓您多睡下。」

「讓人等總是失禮，我們還是快過去吧！」

「是的，夫人。」

「兒子們呢？」

「回夫人，各位公子今天都去忙各自的工作了，大公子上朝，二公子操練，三公子去港口處理剛進的貨品，四公子進繡閣處理這一季的花樣，五公子去任命新進的神官，六公子剛剛也到藥鋪子去了。」

「好好，很好。那走吧。」我滿意的點點頭，感覺一切如舊。

走過長長的迴廊，腳下的軟鞋不時發出清脆的聲響，我家小殷匠心獨具，用銀片鑲了朵立體的牡丹，走起路來總會發出細碎的鈴聲。

「楚夫人，您醒了？」

我才走進廳內，上官夫人就站起來問候老太太我。

上官夫人也是早年喪夫，膝下就只有上官傲一個兒子，幸好文武雙全，不過她是鐵血教育，與老太太我不同，以前她走在路上連招呼都不跟老太太我打一個。

旁人都在竊竊私語，說是因為上官傲什麼都輸，從考狀元那會兒就一路輸，我家楚明狀元他榜眼，然後又輸家底、輸官職、輸外貌，樣樣都拔尖的上官傲卻什麼都輸我家楚明一點。

我就不懂為什麼有的爹娘心中總是抱著不是贏就是輸的想法，其實人生中哪有誰是贏家誰是輸家，若要這樣論起來，老太太我出身不如人，難道就活該要當婢女一輩子？

兩家就這樣一直針鋒相對，直到最近幾年上官夫人吃齋唸佛，性格也和順不少，雖然三不五時就要跟老太太我比比身上行頭，但多次敗下陣後也不比了，反而親親熱熱的來跟我交朋友。

她最常掛在嘴邊的一句話是「唉呀！畢竟我們兩個年齡相近，比較有話說」，她說這句話的時候，老太太我看著她花白的髮，不大能理解這年齡相近的點在哪裡，但能和氣相處是最好，也不要太計較。

「上官夫人一早就來，有什麼事情嗎？」

「楚夫人自北蒼國回來，舉國歡慶，我上官家當然也不落人後。」

上官夫人是官家千金出身，舉止都相當優雅，只不過有時免不了會有小肚雞腸的心態，講話酸溜溜的。

「聽到楚夫人被打入大牢內，本夫人本來還擔心得很，沒想到竟然是國君與楚夫人擬好的計策，為了要查出假楚瑜大人的真面目，最後甚至還跟敵國簽下百年和平協議，真是辛苦夫人了。」

我已經聽鳳仙太后說明過，也曉得她對外是怎麼樣的說詞。鳳仙太后是只看結果不問過程的人，只要得到那張百年和平協議，其他事情都可以不計較。

「多謝上官夫人關心，人只要多做善事，好運就會來。」我垂下眼眸，手不動聲色的隔著腰帶按住那枚平安符。

「本夫人善事也做得多，就不如楚夫人那麼好運。」

香蘭扶著我坐下，我笑咪咪的點頭回應。

「對了，剛好上官家進了一些對凍傷很好的碧草，本夫人順便拿來給妳。」

上官夫人還特別強調「順便」兩字，看似不在乎的要門外的僕人拿進一個烏木製的盒子，裡頭是紮成一小束的碧草，清香撲鼻。

碧草生長在極南方，本就不易得手，上官家又不做藥草生意，哪會突然買進這種藥草？可這就是我們感情好的方式，上官夫人這種人連關心都很彆扭。

「那就謝謝夫人。」我轉頭吩咐秋菊收到庫房內。

富家太太聚在一起沒什麼話可聊，不外乎就是從問候對方家人聊起，不巧我們兩個都死了丈夫，更不巧我們都沒有公公婆婆，自然只能問候對方兒子。

「上官傲大人最近好嗎？」

一說這件事，上官夫人就噘起嘴來。

「忙得很，丞相不在，他這個副丞相自然要擔當所有朝政的事情，幸好我們傲兒有本事，處理得井井有條，丞相即使沒有回來也不用擔心。」

「是嗎？那還真是楚明的運氣，有個這麼好的副手幫他。」我和和氣氣的回應，要不然出去這麼多天，國君又忙著跟自己的王后玩你追我跑的遊戲，大榮國恐怕會亂成一團。

我說這句話完全出自真心，可是上官夫人卻瞪圓了眼往我渾身上下掃過一遍，末了重重從鼻孔哼了一聲。她一擺出這種表情，老太太我就知道又觸到對方逆鱗，由於弄不懂是哪裡得罪她，只得陪笑把話題轉開。

「上官傲大人這麼優秀，有對象了嗎？」

以往提到這一點，上官夫人都唉聲嘆氣，今兒個竟然眉飛色舞起來。

「提到這件事，本夫人之前去拜會一位算姻緣奇準無比的大師，他說我們家傲兒今年紅鸞星動，將會遇到他一生的伴侶。」

「真的？那位大師在哪裡，本夫人也想算一算。」

「在楚夫人回來之前，大師已經往南華國去了。」

「是嗎？」老太太我一聽，肩膀都垮了下來。我以為回到家就什麼煩惱都沒了，但現在被上官夫人一提醒，才發現最重要的問題還沒解決。

我那六個美兒子，怎麼各個都還是孤家寡人呢？

「唉……」

我嘆了一聲，上官夫人見我這樣，突然抿起脣笑。

「本夫人早就想到了，所以特地替妳問了一下大師。」

「真的嗎？上官夫人，您真是個好人，那大師怎麼說？」我急著聽個分明。上官夫人就是刀子口豆腐心，一張嘴壞而已。

「放心吧！大師說妳兒子們的紅鸞星，也在今年動了。」

「六個一起？」老太太我驚叫一聲，不敢想像那個場景，六個兒子要辦婚禮，那可足足要從年頭辦到年尾啊！

「真是的，那我現在就要趕快叫人準備聘禮訂金！啊！還要把楚府擴大些，否則一下增加六個媳婦，還不說以後會有很多孫子，這房子怎麼夠住呢？」我喜孜孜的跳起來，又被上官夫人一記栗暴敲回去。

「本夫人話還沒說完，妳要去哪裡？」

「可是我現在要去辦的事情也很急啊！」

「大師還說了，事在人為。」

「什麼意思？大師不是都說我兒子會成親？既然這樣還需要什麼人為，我只要守在家中等媳婦自己嫁進來就好啦！」

「妳以為自己在守株待兔啊！笨！要是這樣就會撞上樹，那兔子肯定也是隻笨兔子。妳希望自己有個笨媳婦嗎？」

我抱著頭，怕上官夫人又敲我，含著眼淚搖搖頭。

「大師的意思是說緣分到了，但不代表我們做爹娘的就此撒手不管，這種時候更要注意，不能容許那些不三不四的緣分纏到兒子身上。像我為了杜絕傲兒迷戀女色，從小就斷絕他與女子往來的機會，也絕對不讓他跟那些不三不四只會整天寫情書的紈褲子弟混在一起。」說起往事，上官夫人就有幾分驕傲。

「但這會不會是上官傲大人沒娶妻的原因……」

我弱弱回應，上官夫人愣了一下，狠瞪我一眼。

「當然不是，本夫人先為他排除掉的都是壞女人，那些女人入不了我上官家的門，好人家的小姐自然不在此限中。」

「喔！」我乖乖回應，別人的家務事不要管太多比較好。

「總之妳要聽明白了，緣分這種事可不能隨隨便便，妳想要什麼樣的媳婦，就要自己盡力去找。」

「那這樣還算緣分嗎？」感覺是我在替兒子挑娘子……

「算，當然算，妳又沒有逼兒子去喜歡對方，他們看對眼是自己的事，像本夫人最近也打算為我家傲兒安排一些相親宴，讓他多認識認識好人家的小姐。」

「喔——」我拖長音回應。

後來我們又閒談一陣子，上官夫人提醒老太太我一些該注意的重點，這才心滿意足的走了。

老太太我呆呆坐了半晌，猛地下了決心。

「好！就這麼辦！」

第六章

我扶著書房門板，猶豫要不要推開，面對這兒子總是有幾分怕怕的，可能太有威嚴，我準備了一個時辰終於備足勇氣，還不忘往後一看，六個侍女一齊對我做出加油的動作，這才推門進去。

楚明聽見開門聲，很自然的抬起頭。

「娘？」

「楚明……你有空嗎？」

「娘有事直說吧！」他放下手上的筆，雙手交疊在桌上，一派要審人的姿態。這讓為娘我好不緊張，頻頻絞扭手指。

「就是……娘想問你最近有沒有空……可不可以陪娘去吃頓飯……」

「跟娘兩個人？」

「對……」這句話回答得有幾分心虛，但也不算說謊啦，一開始是兩個人沒錯。

「那三天後如何？剛好朝議取消。」

天啊，沒想到這麼輕易就搞定最麻煩的大兒子，我驚訝之餘，嘴都忘了合攏。

「還是娘不喜歡這個日子？」

「沒有沒有，娘覺得很好，很棒。」不用再翻黃曆了，否則黃曆上可能會寫當日宜嫁娶，洩漏老太太我的秘密。

「那娘先出去，就不打擾你了，記得三天後的中午！」

老太太我因為太高興，跨出門檻時還差點摔了一跤，還好六個侍女眼明手快，在我面前疊成羅漢山，我被小春桃接個正著，對她露出一個興奮的笑。

「夫人究竟去求公子什麼事情？這麼開心？」春桃低聲問著，語氣很溫柔。

「呃呵呵！別告訴他們，本夫人只偷偷告訴妳們。」我壓低聲音，講秘密就是要小小聲的講。

「我要讓他們去相親！」

那麼多亂七八糟的慈善大會都沒有用，還是老方法最實際，一男一女坐在一起吃飯吃兩、三個時辰，多少還是會擦出點火花。

到了相親當天，老太太我過度興奮，天還沒亮就起床喚人來梳洗，卻發現六個侍女獨獨漏了香蘭一個。

「奇怪，香蘭呢？」

春桃夏荷秋菊冬梅還有香鈴異口同聲回答我。

「睡遲了，夫人不用等她。」

「是嗎？好難得香蘭會睡遲。」我呵呵一笑，記得香蘭還是楚明親自指定給我的，這麼多年來從來沒怠惰過一天，難得多睡會兒也好，她這年紀適合做夢，搞不好會看見自己未來的情人。

距離約定時間還有半個時辰，門上就傳來輕叩。「娘，我在外頭等著。」

很好很好，我的兒子也沒有臨陣逃跑，我連忙讓冬梅去開門。

「娘也好了，隨時都能出發。」

楚明一身便服，猛一看老太太我竟然有點愣住，還以為自己要親手把丈夫帶去相親。

「我們去寶川閣用餐。」

「難得娘會想出去吃，不是總嫌外頭的廚子沒自家的好？」他抿脣一笑，很自然的握住我放入他臂彎的手。

「因為有女……不是，娘偶爾也想換換口味，而且很久沒和楚明你這孩子單獨吃飯，娘也會想了解一下你的近況……」說到最後，臉都快埋在胸口，為娘的光明正大在兒子面前說謊，真是不良身教……

「這樣啊！」意外的楚明沒有半點懷疑，牽著我上了馬車。

＊　＊　＊

寶川閣不是城內最大的飯館，卻號稱是最清幽、風景最優美的一家，因為它地勢極好，位於城西靠著一座小山谷，一旁就有座四、五層樓高的小瀑布傾洩而下，夏日時節來用餐更好，開著窗子舒爽水氣就會從外頭漫進來。

除了安靜以外，小二們都訓練有素，不多話，口風又緊，所以許多達官貴人閒暇時總愛來這坐坐。

我們剛到寶川閣才下馬車，門口的小廝已經迎上來。

「楚夫人的位置已經替您準備好了，請隨我們來。」

我和楚明被領到三樓，是這季節景觀最好的位置，一樓雖近水池有水景欣賞，此時卻偏冷，三樓靠東，此時正好有春日暖陽照射進來。

「真難得，娘竟然事先安排？」楚明挑眉，低聲詢問。

「呵呵……娘想說平時很難有好位置，就順手一下，要知道我們做人要有規劃，俗話說『人無遠慮必有近憂』。」

「平時娘都覺得只要到了現場多給點金豆子就能解決不是嗎？」

「娘現在改變想法了，偶爾也要勤儉持家，免得把你們的老婆本都敗掉……」

楚明低笑兩聲。

「那娘負責賠償就好。」

「對……娘現在正在負起責任。」

小二領在前面，把房門一開，裡頭已經端坐著兩個人。楚明臉色一僵，嗓音卻仍然平穩。

「娘？這是怎麼回事？」

「哦？娘想說你應該多多認識花錦城中的小姐們。這位是長孫府中的長孫姑娘，聽說刺的一手好刺繡，牡丹花刺得跟喇叭花一樣，喇叭花卻能刺成牡丹花，娘覺得此女只應天上有，彼此可以認識一下。那位是長孫夫人。」

我才說著，長孫夫人已經笑著迎上來，雖然年過四十，肌膚仍然瑩白似雪，不愧是當年以白雪美人稱號獨霸全城，聽說那時她吃了一個麻糬差點噎死，是長孫老爺一記手刀救了她，她因此以身相許。

「楚夫人，來得真早，來，快請坐。」

楚明看我一眼後也入座，菜隨後送了上來。這席有四個人，兩個人頭低低拚命拿眼偷看楚明。

那長孫姑娘不用說自是其中之一，低垂的臉早已羞得滿臉通紅，不時給楚明送上秋波，從頭到尾沒一句話，只會抿著嘴笑；老太太我也差不多，不過我是頭低低臉發白，不時偷看自己兒子一眼，怕他會突然發飆當庭審娘。

最無憂無慮的就是長孫夫人，呵呵直笑。

「我們家碧茹對楚大公子可欣賞了，每次總要纏著她下朝的爹給她說說朝上的事情，別的不問，就是淨問丞相又做了什麼。」

「是嗎？」

楚明微微一笑抬起頭來，老太太我頭卻更低，淚流三千尺，我寧可這孩子不笑黑著臉吃完飯，那表示狀況尚可，但我這號稱國君駕崩淚都不流一滴的兒子今天竟然——

笑了！這是多可怕的事實！

「在下一直很希望能夠找到一位能與在下攜手同行的妻子。」

長孫夫人眼睛立刻一亮，我也跟著一亮。

不會吧？大師這麼靈驗，難道我兒子轉性了？昨晚園中突然從西北風颳成東南風，果然天氣異變人也會變，回頭再多捐點善款給那大師。

「那麼碧茹絕對是楚大公子的終身良配，不是我這做娘的自誇，我家碧茹她是琴棋書畫……」

「在下的妻子不需要會那些無聊的小玩意。」

「啊？」長孫夫人面色一僵。

「敢問長孫姑娘，對於如今各國的情勢有什麼了解？」

那長孫姑娘是大家閨秀，養在深閨之中，每天忙著刺繡都來不及，哪知道什麼各國情勢，只能雙眼呆滯的看著楚明。

「這、這我們婦道人家怎麼會知道……」

「但這是在下的最低要求，在下雖然不才，好歹也有一個狀元之名，狀元之妻又豈能對各國情勢一竅不通？」

如果我這大兒子自稱不才，那天下間所有的才子都可以跳水自殺了，我嘆口氣，無助的向長孫姑娘投去一眼。

「這……這碧茹不懂，但碧茹也讀過一些詩書，定可以與公子討論一二。」沒想到這嬌嬌怯怯的長孫姑娘頗有勇氣，努力示愛，不願意就這麼打退堂鼓。

「好，在下欣賞有志氣之人，那麼就以此為題，與長孫姑娘討論討論觀墨獨牘篇中的志氣之德如何？」

「……」

我看那長孫姑娘的眼淚都快淌下來了，忍不住拉一拉楚明的袖子。

「楚明……好了，人家一個姑娘家，別做得太過分……」

楚明只輕輕一抽，把袖子從老太太我手中拉走，看也不看我。

「還是姑娘想要討論天干神算之千運篇？」

長孫姑娘臉色忽紅忽白，連胭脂也遮不住，也許之前是為了強調她白裡透紅的膚色，所以本來就沒搽多少粉，這下可好。

「沒關係，長孫姑娘，妳這臉色一陣紅一陣白還帶青，挺好看的。」我覺得兒子說得太過分，連忙出聲安慰，不想那姑娘長長抽氣一聲，掩面奔出去。

「碧茹，碧茹！」

長孫夫人慌忙對我們欠個身追了出去，房內只剩我和楚明。

我沒膽子去責備這孩子說話太不溫柔，只能低頭戳弄剛送上來的芝麻梅花凍，戳得爛爛碎碎的，有如老太太我此刻的心情。

「是誰跟娘說這法子的？」

我嗆了一聲，吃到自己的口水。

「沒、沒人！娘日有所思夜有所夢才夢到的……」我把頭低下，打算在桌上打個洞鑽進去，可恨桌子的質地太好木板太硬，怎樣也打不了洞。

楚明好整以暇盯著我，似乎把老太太的心虛都看在眼裡。你瞧瞧，養兒子真的很難，把兒子養得太笨不行，養得一般般又覺得太平凡，可若養得像我家老大這麼聰明，就會變成現在這樣。

在楚明的視線下，老太太我心虛得轉開眼，挖挖桌上的梅花凍，發現他還在看我，就摸摸自己的袖口，然後他還是在看我，我便研究地毯上的花紋，猛地抬頭一看，他仍然在看我。我左看右瞧，後面窗外是瀑布，這裡在三樓，而我兒子又堵在門前，這時候只好眼一閉，哭著撲倒在他跟前。

「楚明啊！娘錯了！娘真的錯了！」

「娘倒說說自己做錯了什麼。」

這孩子又把問題丟回來……我抹著淚坐起來。

「娘以為你會喜歡長孫姑娘……」

「喜歡？」

「不是……娘覺得你可以多認識一下……」

「多認識？」

「不是……娘去拜佛時得到神諭……」

「什麼神諭？」

「娘得到了你會成親的神諭……」

「誰說的？」

「佛……」

「那我馬上去燒香問佛，佛祖如果說不是，娘就禁甜食看戲一個月。」

討厭，這孩子。我癟癟嘴，哭著撲進他懷裡。

「好啦！是上官夫人說的，她替為娘問了你們的終身大事，聽說你們六個今年紅鸞星動，娘當然希望可以推波助瀾一下，要知道娘年事已高……」

楚明穩穩接住我，連語氣都四平八穩。

「高齡二十二，娘。」

「那不重要，人生如浮雲，也許一眨眼就不見了，我們要看著不確定的未來把握今天。」

「娘，能說重點嗎？」

「娘想看見兒孫滿堂的日子，娘希望你們成親……」

楚明不吭一聲把我摟在懷裡，我的臉都貼到了他的頸子上，我順道把眼淚鼻涕都沾在他的衣襟，整個大榮國大概只有他娘我能這麼做而不會被砍頭。

「如果娘希望如此，那就如娘所願。」

我立刻把頭抬起。「那你願意娶長孫姑娘了？」

楚明聳肩，報以微笑。

「娘也看到了，她不符合我的標準。」

「你這孩子的標準太高了，你的對象大概不是嫁了就是還沒出世。」

楚明不語，推著我坐直，他喊了一聲，立刻有小二進來添上新菜，這才發現自長孫夫人走了以後都沒上菜。

「娘餓了吧？」

「嗯！」我抽抽鼻子，低頭嚐一道雪菜粥。

楚明像突然想到什麼，「娘也會給弟弟們安排一樣的飯局嗎？」

「不……會……」這聲不會說得很心虛，但娘是逼不得已的。

我以為楚明會把我抓到祖宗祠堂跪一個時辰，沒想到他竟然只是笑著舉箸，夾了一塊紅燒豆腐進老太太我碗裡。

「娘千萬要辦，雖然我今天不滿意，不代表弟弟們不滿意，也許他們會從這些閨女中找到自己的真命天女，娘千萬不要放棄。」

老太太我感動得淚光閃爍。

「楚明……娘不知道你是這麼關心楚軍他們的終身大事……」

「他們是我的弟弟，我當然關心。對了，今天在娘房內怎沒看見香蘭？」

咦？楚明怎麼突然提起香蘭來了？

「香蘭啊？春桃她們說香蘭今日睡遲了，我想說這孩子難得睡遲，也就不刻意叫她起來了。這年紀的孩子在發育，是要多睡會兒。」我吹吹那塊還燙著的豆腐，不先吹涼的話，會把舌頭都燙掉。

楚明雙指併在一起輕叩桌面。「原來是這麼一回事。」

「不過，楚明啊……」

「娘，什麼事？」

「比起關心，娘更希望你可以以身作則，娘在府裡還有成堆的名冊，回府裡娘讓郝伯給你送去好嗎？」我小心翼翼的觀察楚明的態度，見他似乎沒有震怒的樣子，於是得寸進尺的要求。

名冊全是上官夫人熱心贊助的，聽說上官傲把整疊看完後沒一個滿意，我當時就很想建議她，如果名冊內添上一個叫小季的，不知道上官傲會不會就選了。不過如果知道小季的性別，上官夫人說不準會暈過去。

楚明看著我，眉頭微微一挑。

「叫郝伯擱我房內，有空再看。」

＊＊＊

既然楚明不成，下一個目標自然就是吾家小軍，他是大將軍，要氣勢有氣勢，身材一級棒，嫁了他等於嫁了所有閨女的夢中情人，不過鳳仙太后還特別註明這夢是「春夢」，可我追問半天啥意思她也不肯告訴我，若要我自己判讀，我想大約就是春天做的夢之類的。

但從這些話來看，我家小軍應該是相當有人氣，要找到一個願意嫁他的閨女不難，難的是要這兒子願意選擇。

我在校練場等了半天，裡頭呼呼喝喝叫個沒完，就是始終不見我兒子的蹤影，等過了中午太陽都開始西斜了，才見到楚軍跟副將一起走出來。

「明日上山操練，吩咐他們提早一個時辰集合。」

他對副將吩咐完，轉身要上馬，我連忙掀開馬車的簾子朝他招手。

「小軍！小軍，娘來接你了。」

他愣了下，臉上滿是困惑。「娘怎麼來了？」

「娘想說偶爾來接你呀。很少到這裡來，不知道你過得好不好。」我笑咪咪步下馬車，捧著一個木盒，裡頭裝著方才我挑剩不吃的點心，遞給在一旁的副將。

「你們也辛苦了，這些給士兵們吃，以後請多多關照我們家小軍。」

「呵呵，楚夫人……」那副將尷尬笑著，卻沒伸手來接，只是看向楚軍。

「本夫人手痠了。」送禮不收，真是清廉，不過一些點心也算是娘親的心意，應該不要緊吧？

「娘既然這麼說，你就收下拿去分給弟兄們吧！」楚軍一說，那副將臉色立刻放鬆下來，大大吁了口氣接過盒子。

「多謝楚夫人的關心，末將一定會拿去分給弟兄們。」

「不客氣。」我正要朝他笑，那副將卻像腳底抹油般跑得飛快，一下就不見蹤影，敢情最近我國士兵新操練的功夫是鬼影迷蹤？

「娘怎麼來了？」

我正欣賞著校練場外紅色的柵欄，被楚軍一提醒才想到自己來的目的。

「啊呵呵，娘正要去吃茶點，剛好路經這裡，想到小軍你也應該差不多結束操練了，想帶小軍一起去。」

楚軍眉頭一皺，語氣滿是不敢苟同。

「男子漢大丈夫窩在茶樓成何體統，況且在下身為將軍，實在不宜食小女兒家的甜點，娘的好意我心……」

他還沒說完，我的嘴就噘起來，摸著袖口淚眼汪汪。

「你這是拒絕娘囉？你這不孝的兒子，想當初你說要把絕世好劍，娘就一步步上山去替你求來，沒想到你當上大將軍後，個性就變得硬邦邦一點也不可愛，娘在這裡等了大半天連午飯都沒吃，你竟然說這種話……」

「娘……」

我偷偷從指縫中看這孩子一眼，楚軍這孩子好就好在這裡，他人不笨，腦袋卻硬得跟石頭似的不懂轉彎，典型吃軟不吃硬的大男人性格，對他哭也最有用。瞧他這不就動搖了嗎？

「嗚啊……還沒娶媳婦就不要娘，那以後娘還要不要活……」

「既然是娘的希望，那我也不能拒絕。」果然下一刻他就好聲好氣的走過來安撫老太太我。

「不用！你去當你的大將軍，你很忙，不需要理會娘，反正娘是去做女人家的事，與你這大將軍無關。」

「娘，我沒有這個意思……」

「那跟娘說對不起。」

「……」

「不然娘就要站在這裡哭到全城都知道你是叛逆的兒子。」

「是我不對，娘。」他輕聲一嘆，連語氣都柔了千萬分。

既然這兒子這麼上道，娘也就不跟他計較，我笑咪咪的伸手拉住他。

「娘原諒你，知錯能改善莫大焉，誰能不犯錯呢？」

這回老太太我可是有備而來，鑒於上一次的慘痛教訓，發現選媳婦不是選漂亮會刺繡的就有用，最重要的是要兒子們看得上眼，依楚明那種要求，我大概得找個才女來配，不過說到適合楚軍的對象，為娘可是下過一番苦功。

我們一踏入茶樓，小二就迎上來，不用眨眼就心領神會把我們領到靠窗邊的包廂。

「九龍寧香、春雨織錦，是這次小店推薦的新茶。九龍寧香茶味醇厚，入口時香氣會往上竄，於舌尖回甘……」

那小二認真解說，我胡亂應答沒在聽聞，翻開旁邊的點心菜單看起來。

「和米天香捲、季榮餅、蓮子甜羹、陽春肴肉、蜜汁火腿酥、杏仁甜餅……」

我點完一大串點心，才發現自己應該直接點不要的比較快。我看看小軍，尷尬的吐吐舌頭，他看也不看點心的單子，即把茶單合起來。

「除了那些點心，再給我們一壺蜀湖茶。」

就在小二開門的一剎那，門外「好巧不巧」走過兩個人，我見機不可失，立刻揚聲喊起來。

「唉呀！好巧，這不是方夫人嗎？」

方夫人立刻轉過身來，也做出一臉詫異。

「楚夫人，怎麼這麼巧妳也來喝茶？」

「相逢就是有緣，快來坐。」我連忙招手。

我跟楚軍正好坐對面，楚軍聞言即起身要坐來我身邊，我連忙阻止。

「不用不用，小軍你坐那兒就好，挺舒適的，娘最近胖了，你坐過來不大方便。」

那方夫人笑呵呵的帶著她的女兒進來。

「楚夫人，還沒跟您介紹，這是我的小女兒方芳芳。」

「嗯，很好很好，長得真是清秀可人。」相信這個方芳芳小姐楚軍應該會滿意。

楚軍從小就是規規矩矩，連吃肉都要方方正正，老太太我猜想他應該會對於方的東西情有獨鍾，這方芳芳小姐不但名字很方，臉也很方，符合一切標準。

「那請方小姐過去坐我兒子身旁，年輕人比較有話聊。方夫人就跟我坐一起，我們聊我們的。」這年頭，娘親要當得像老鴇一樣，還真不容易。

「謝謝楚伯母。」

這輩子沒被稱伯母幾次，讓老太太我臉上肌肉抽搐了下，不大習慣。

「不客氣，不客氣，快請坐，你們年輕人可以多認識一下。小軍，娘聽說方小姐是城中數一數二守規矩的閨女，你可以多認識一下。」

「沒錯，我家芳芳平時大門不出二門不邁的，謹守所有女子該守的誡訓，笑不露齒立不搖裙，吃東西絕對要切得方方正正才吃，我總是告訴她別那麼死腦筋，她卻說人不正無以立身，真不像女孩子家會說的話。」

呃，有這種媳婦，我可擔心她下廚會不會連蝦子都被切成方的……

「好巧，我家楚軍也是這樣，他們真是天作之合……」

「呵呵，是啊！我家芳芳耳聞楚大將軍的威名已久，今日巧遇，真是天賜良緣。」

楚軍任我們一搭一唱，說到我們口都乾了他也沒半點反應，我看情勢不對，只好低低出聲提醒。

「小軍，你也說點什麼嘛……」

楚軍抬起眼看我，整桌人的視線都集中在他身上，只見他揚起手來，把門口的小二叫進來。

「小二，是不是該上菜了，另外，追加一個桂圓甜酒釀。」

「是。」那小二連忙應聲而去。

「呵，呵呵……」方夫人乾笑一聲。「沒想到大將軍也喜歡吃桂圓甜酒釀，真是巧，我家芳芳也喜……」

「我沒興趣，但娘喜歡。」

「那也真巧，跟楚夫人喜歡一樣的東西，這一定是天賜的緣分。敢問楚大將軍平日喜歡做些什麼消遣？」

「練劍。」楚軍淡淡說了兩個字，坐得四平八穩，就沒看一眼身邊的方芳芳小姐。

「除了練劍以外呢？」

「看兵書。」

「真不愧是大將軍，男兒有遠大之志，這樣才能保家衛國，但俗話說得好，男主外女主內，既然大將軍在外保家衛國，將軍家中總該有個女人來持家。」

楚軍厲眼一瞪。「妳是在說我娘不是女人？」

這情況我不大會應付，決定交給看起來八面玲瓏的方夫人，湊巧我的點心也一盤盤上來。

在家吃茶點跟在外頭茶樓吃的感覺完全不一樣。雖然環境不是非常安靜，但可以邊吃邊看下頭行人熙來攘往，有一種居高臨下看著人生百態的感覺。

「不是，本夫人沒有那個意思……」

「沒有就好，本將軍容不得任何人誣蔑我娘。」楚軍說著，解下劍往桌上一擱。

我忙著看街景，桌上的點心卻一塊塊送到我嘴邊，有時送得太急，我忍不住抱怨起來。

「娘還在嚼，難道不能等一等嗎？」

楚軍就會沉默的把點心放回碗內，把所有點心都分成一口大小，平平整整看不出來是用筷子分的，還以為是拿刀量著切的。

「呵呵……將軍對楚夫人真好，想必以後一定會很疼妻子。說實話，我家芳芳對將軍戀慕已久，今日相逢也是有緣，是老天賜予的緣分……」

這時候，正好下頭有輛馬車為了閃過一個孩子緊急煞車，把那孩子嚇得往旁一跌，就摔進賣鴨小販的鴨籠內，打翻了鴨籠，白色的鴨子撒腿滿街跑，整個街上亂成一團，讓人忍俊不禁。

「小軍，你快看，下面的情景好有趣喔。」

我拉著楚軍湊過來，臉貼著臉靠在窗邊，指點他看窗外，楚軍罕見的微笑揚起，話音幾乎是貼在老太太我的耳邊響起。

「的確很有趣。」

「對吧！」

看完了我轉過身來，正好對上方夫人跟方小姐目瞪口呆的表情，那方夫人看看楚軍，又看看我，滿臉不敢置信。

「方夫人也想看嗎？」我客氣問上一句，總不好把客人晾在一邊

「娘，女兒不願意。」倒是方小姐先開口了，拿起帕子按著眼角一臉厭惡。「這種門風不正的家，女兒是寧死也不要踏進去。」

沒想到我堂堂楚家有被嫌棄的一天，只見方小姐站起身，很有禮貌的行了個方正的禮就走了出去，剛才明明看她還對楚軍表現出一臉羞怯，怎麼現在馬上就變了心？是說少女心就跟海底針一樣？

「等等……」我連忙要阻止隨女兒離開的方夫人，心想這相親怎麼可以什麼都還沒開始就告吹？

才追到門口，小二正好端上桂圓甜酒釀，又把老太太我吸引回去。

「娘，先吃完再追吧！」楚軍安慰著，把吹涼的甜酒釀遞過來。我忙著吃，楚軍卻淡淡說了一句：「那種女人，娶了還真了無生趣。」

唉～這兒子真難伺候，介紹他風情萬種人又溫柔的歌女小墨不要，還以為他是要一個跟他一樣正直的妻子，結果他反而被方芳芳小姐拒絕，這孩子怎麼命這麼坎坷，難道老太太我真的要把那個什麼「櫻姬」找出來嗎？

於是乎，在大兒子之後，二兒子的相親作戰也失敗收場。

第七章

但是俗話說得好，失敗為成功之母，記取前兩次的教訓後，老太太我很快的把目標放到三兒子楚海身上。

楚海這孩子讓我傷透了腦筋。平常這孩子老是在外，十天半個月不見影子是正常的，老太太我對他的喜好也不清楚，這樣要怎麼幫他挑個適合的媳婦？

好巧不巧，昨天楚海回來吃晚飯，老太太我隔天起了個大早堵在他的房門口，楚海一開門就嚇了一大跳。

「娘？妳這麼早在我房門前做什麼？」

「娘想跟你一起出門啊！」

「出門？」

「對，娘想說……噢，去了北蒼國這麼多天，小海你一個人孤孤單單的看家，感情都疏遠了，為了要拉近我們母子的感情，當然是要多親近親近。」

我從沒提過這樣的要求，楚海不由得一愣，老太太我立刻淚汪汪的扭起手指頭，「不行嗎……」

下一刻老太太我的腰間一緊，被人抱著飛高高。

「哈哈哈——當然好啊！娘能夠來是再好不過。」他的眼裡閃閃發光，曬成古銅色的臉頰上可見兩抹紅，煞是可愛。

不過——

「小海！一次轉那麼多圈，娘好暈……」

「對不起對不起，娘對不起。」

楚海一驚，立刻把我放下，臉上滿是緊張，把老太太我從頭看到腳，確定沒事。

這孩子就是不夠細心，做事不拘小節，但他豪爽憨直的性格實在討人喜歡，也難怪手下有一票死忠的兄弟。

本來楚海打算叫郝伯備轎，但今日春陽暖和，老太太我阻止他，想說就讓他載著我共乘一騎散散步，楚海聽到這個要求，興奮得嘴都要咧到耳根，笑咪咪的大聲應好，我覺得這孩子要說笨的話，大概是所有兄弟中最笨的，可是怎麼會這麼可愛～

＊　＊　＊

「娘，到了。」

花錦城雖然離海不遠，可是不靠海，前前前……反正就是一個去世很久的國君有先見之明，開通了運河，讓物資可以直接經由水路進入花錦城，畢竟陸路多山出入不便。

現在這條運河是我家小海在管理，海幫的勢力遍布整條河的沿岸，直通港口，楚海紀律嚴明，不許任何人隨意走私拐賣，自從他掌了這條運河，花錦城內拐賣人口的案子少了一大半，大多人口販子孩子還沒帶出國，就讓楚海的人截在河上。

楚海帶我來到運河港口，有許多打赤膊的年輕男子正忙碌的搬東西，身體跟小海一樣都曬成古銅色，油光水滑的，笑起來一口潔白的牙。老太太我喜歡爽朗陽光的孩子，不禁笑咪咪的看著他們。

見到楚海出現，他們全都放下扛著的布袋，雙手貼大腿，恭敬的行禮。

「海爺。」

「準備得怎麼樣？」

「再半個時辰左右就好了。」

「好。」

有幾個人好奇的往我的方向看來，畢竟這裡是自己兒子管的地方，我也禮貌性的除下面紗向他們打招呼，「大家好。」

一瞬間，這群孩子全紅了臉，像顆熟透的番茄。

「這是我娘。」楚海率先跳下馬，接著把我抱下去。

那些孩子臉紅歸臉紅，該有的禮貌卻一點也沒少，立刻又雙手貼大腿，刷刷的站直。

「楚夫人好！」

「好！好！你們都吃飽了嗎？」小孩子就是要多吃點才行。

「回夫人，吃得很飽。」

「好好。」

我笑著朝他們招招手戴回面紗，讓楚海扶著我走向另一邊兩層樓高的木製樓房，那是楚海主要處理事情的地方，門口守衛森嚴，一見到我們就立刻刷刷站好行禮，半點都不敢怠慢，老太太我覺得這孩子實在有霸氣，不由得幾分驕傲，更加抬頭挺胸。

剛上樓進了門，就看見十幾個人滿臉橫肉殺氣騰騰的坐成兩邊激烈辯論，而中間有一個白鬍子老頭稀里呼嚕一個勁的抽水煙。

「他奶奶的，分明就是你們先來搶我們的地盤！」

「一開始就說好這批進來的貨我們要了，你們卻一把攔腰搶走，我們搶你們也沒有不對！」

「那批貨給你們賣，利潤不到兩成，給我們賣，利潤足足有四成，傻子才給你們！」

「你這擺明是搶……呃，海爺您來得正好，快來評評理！」其中一個人發現楚海，立刻站起身，他的左臉上有一枚十字疤痕，臉上仍然因為激動而赤紅。

「海爺，那批貨給他們賣，簡直就是可惜了那麼好的貨，我是看不過去！」

另一邊的人也站起來發言，十字疤痕男一聽，兩邊立刻又吵得不可開交。

一片吵雜中，只聽見楚海沉沉開口：「這件事，我改天再處理。」

所有人霎時都安靜下來，那個不停抽水煙的白鬍子老頭也撐起眼皮睞了楚海一眼。

「什麼？海爺，您今天一定要給我們一個交代。」刀疤男道。

「我今天還有重要的事情。」

楚海一句話落下，所有人都沒了聲音，你看我我看你，還好幾個人往我這邊看過來，一臉評估。

白鬍子老頭放下水煙，慢吞吞踅到後面去，沒多久端著一個托盤出來，上面放了十幾個茶杯，碧綠的茶水晶瑩剔透。

「既然海爺都這麼說了，那麼各位請三天後再來吧！」

老頭把托盤端到每個人面前，恭恭敬敬的奉上，正好老太太我覺得有些渴了，經過我面前的時候想叫他停下來也給我一杯，楚海卻默默把我的手按住，拉著我退到牆角，待我們退到牆角時發現白鬍子老頭也奉完茶退在一邊。

那十幾個人很有默契的一齊茶杯就口，下一瞬間茶水互噴對方一臉都是。

「這是什麼？」

「茶。」白鬍子老頭慢悠悠的回應。

「什麼茶?」

「茶就是茶，普通茶，哪還有分?」

「真是難喝到……噁……嗚……」下一瞬間，所有喝茶的人都摀著嘴奪門而出，霎時房裡人走得乾乾淨淨。

白鬍子老頭上前慢吞吞的把杯子一個個放回托盤上，看了我們一眼之後，端著托盤慢悠悠的行禮。

「海爺，楚夫人。」

這會兒老太太我倒是訝異了，老太太我很少來這裡，也從來沒見過這老頭，他卻認得出我是楚海的娘?

「你認得我?」

白鬍子老頭抬起眼看了看，又斂下眼，不緊不慢的回應。

「海爺這些年來，嘴上天天掛著一名女性，沒別人，就只有自家的娘，今天不避嫌的帶著一個女人進來，不是楚夫人還能是誰？」說罷，他就端著托盤回到後頭，沒再出來。

「這個老伯真是性格，半點下人的樣子都沒有，他是誰？」我讚了兩聲，特別欣賞有個性的人。

「榮泰爺不是下人，他只是借住在這裡。」

「為什麼？他無家可歸嗎？」

「好像以前在海上跟別人有些恩怨，想要找個地方安安靜靜養老，我答應讓他住在這裡，偶爾他會幫忙處理一些小事。」

「像剛剛那種事嗎？」

「嗯。」

「娘很好奇，為什麼你不讓娘喝那杯茶呢？」

「榮泰爺泡的茶無比難喝，可以跟毒藥媲美，他還喜歡拿自己抽的菸草往裡面加料，娘還是不要輕易嘗試比較好。」

原來如此，老太太我點點頭，但心裡還是有些好奇，直想舔舔看是有多難喝，應該不會比莫名的藥難喝吧？

「準備好了——用力——」

外頭忽然傳來一聲長長的吆喝，老太太我喜愛熱鬧，忙不迭跑到窗口去看，當下見到一大群赤膊的男人像拔河般的拉住一條比腿還粗的繩子，很有節奏的喊著口號。

「一二——用力——一二——用力——」

隨著他們每喊一次，就用力拉一次，水上的大船便緩緩被拉進港口來，老太太我眼尖，認出那艘船是我們回大榮國時搭的。

「楚海，他們為什麼要拉那條船進港口？」

楚海聞言走上前跟我併肩往外看。

「那條船檢修的時間到了。我們的船一向都會定期檢修，畢竟大船的航程既遠又長，要避免在路上發生任何意外。」

我理解的點點頭。

「海爺，準備好了。」有人發現楚海站在窗口，連忙笑著招手。

「好，我知道了。」

「小海，你要去哪裡？」

「今天本來要去人魚島一趟，但既然娘來了，我就不去了，一會兒再跟他們說一聲。」

「喔喔——等等！人魚島？」我驀地一喊，抓住楚海的手，他被我嚇一大跳，往後退了兩步。

「對。」

「那島上的人是不是噴水就會現出魚尾巴，哭的時候眼淚會變成珍珠，而且還很會唱歌？」

「呃……他們沒有魚尾巴，但是善於游泳，哭的時候眼淚不會變成珍珠，可是島上盛產珍珠，很會唱歌這一點倒是真的……」

這一聽老太太我就樂了。

「來來來——小海，娘跟你講個故事，關於海上的故事。」

「娘請說。」

「就是很久很久以前……很久很久以前……很久很久以前……再久一點以前……」

「娘，妳是要多久……？」

「等娘想起來，因為娘的記憶也很久很久以前了……聽說在很深很深的海裡，有人魚存在，她們上半身是少女，下半身卻是魚尾巴，有著極其美妙的歌喉。」

楚海一臉認真聽著，好像我正在講人生大道理，背部連彎都不彎一下。

「然後有一天，最小最美的小人魚公主愛上了人類，為了人類，不惜請求海中的巫婆……巫婆是什麼？哎唷~就是女的法師啦……別打斷娘……把她變成人類，用她美妙的歌喉作為代價，可到了岸上，王子卻沒有愛上她。而人魚是沒有靈魂的，如果沒有人類愛上她，願意跟她分享一半的靈魂，死後只會變成泡沫消失，於是她最後還是死了。」

楚海聽完這一段故事，仍然沒有得到任何啟示，瞪大眼看著我。

「娘是要告訴你，如果有一個啞巴女孩突然來追求你，你千萬要注意，也許這女孩是你的恩人，她既然愛你又救了你，娶她回報是應該的，不應該有種族歧視，要知道魚也是很偉大……好了！你現在仔細想想，最近有沒有救了一個啞巴女孩？」

「沒有。」

「那再想想，有沒有看過半人半魚的少女在唱歌？」

「也沒有。」

「你這孩子是怎麼搞的，什麼都沒有……」老太太我嘆了一聲，忽然有了主意。「對了小海，你剛才說你要去人魚島是不是？」

「本來是，不過我不會丟下娘的，娘放心好了。」

「沒關係，你不用丟下娘，你也可以去啊！」老太太我樂呵呵一笑。

「怎麼去？」

就說這孩子笨！

「娘跟你一起去！」

「啊？」

＊　＊　＊

人魚島在出海二十浬處，一路上風光明媚，遠看海天一線，碧波萬頃。老太太我吹著風，心情都舒暢起來。

沒錯！依照我家小海的個性，有個人魚媳婦是最合適的了，反正他本來就有異族的血統，再混個異族也無所謂，老太太我個人沒有種族歧視。

聽楚海說，這人魚島本來年年都會與我們往來，拿珍珠換取日常用品，但今年卻無聲無息，他覺得事有蹊蹺，才打算過去看一看。而老太太我也決定趁機過去看看，要是有長得美會游泳又會唱歌的好女孩，說不定小海會喜歡……

正想著，老太太我靠在船邊往下看，正好有張臉抬起來跟我面對面，那是個女孩，長長的雪白頭髮卻有張年輕的臉，她看到老太太我時也愣了一下。

「人魚……？」

這裡距離岸邊這麼遠，游泳好手也不可能游到這裡，唯一的解釋就是……人魚！

那女孩被老太太我一喊，嚇得渾身一縮就要潛回水底，老太太我看媳婦要跑了，急得直跳腳，摸遍全身沒有東西，只摸到平常裝金豆子的小袋子，沉甸甸的，便想也不想的一把往下砸。

這一砸正中海中的女孩，她悶哼一聲，軟軟的浮了上來。

「快來人！快來人！」見機不可失，老太太我忙不迭大喊起來。

一船的人都湊了過來。

楚海聽見我的叫聲，也緊張兮兮的從船艙內跑出來。

「娘，怎麼了？」

「你看！撞到人魚了！快去救她，她會以身相許。」

船上的人往下一看，果然有個人。大家你看我我看你，楚海最後叫船上長得最醜的副船長下去將女孩救上船。

女孩似乎只是暈了，上船沒多久就轉醒，看見一群男人包圍自己嚇了一跳，下一秒尖叫起來。

「娘！妳做什麼？」

楚海立刻把我攔腰抱起，我滿是遺憾。

「不是尾巴啊……」虧老太太我還特地去掀她的裙子想一探究竟。

女孩一臉驚恐，拽著自己的裙子直往後退。

「聽說拿水灑會現形，快，拿盆水來。」老太太我不死心，又指示著船員。

船員看看我，又看看抱著我的楚海，不知如何是好。

「別鬧了，娘！」楚海長嘆一聲，他的頭巾在我掙扎時被我弄掉，髮髮散落下來，煞是好看。

「娘哪有鬧，娘只是想證實她是不是人魚而已！」

「妳從哪裡來的，意外落水嗎？」楚海手上抱著我，面朝那女孩問道。見她驚恐的臉色發白，他才又續道：「這是海幫的船，妳可以放心。」

「海幫……海幫嗎？」那女孩詫異的瞪大眼。

「對！」

下一刻她突然往前一撲，抱住——副船長的腿。

「嗚嗚嗚，求求你們，求求你們救救人魚島吧！」

那女孩一邊抱著副船長的腿哭得悲悲切切，一邊娓娓道來。

「我叫朱心，住在人魚島。我們人魚島的居民皆善泳，島上以出產珍珠聞名，日子過得很安樂，但是最近……竟然來了一個海盜頭子。」

她抹著眼淚，把濕透的長髮撥到身後繼續說。

「他強迫我們所有的居民做苦工，每日要下水超過八個時辰，拚命尋撈珍珠，要是不從，就會被那批海盜毒打，大家一直拚命工作，可是很多人都累病了，也有很多人跟我一樣，因為長時間待在水面下，頭髮一點一點的白了……」

楚海攬著我坐下，順手把一顆糖球塞到老太太我的嘴裡，我含著那顆糖球就忘了自己要說什麼，安安靜靜的聽。

「妳說的海盜不會剛好叫馬十八吧？」楚海問著，臉上表情異常嚴肅。

馬十八，為什麼不叫馬十七……

「不知道……但聽他的屬下都喊他馬爺……」

「果然是馬十八。」

「我費盡氣力逃出來，好不容易才到這裡……我再也不想回去了。」

「那妳有福了。」我正好吃完那顆糖球，舔舔脣，輕輕一擰楚海的耳朵。「我們要往那邊去，而且小海正好是最會行俠仗義的。」

什麼馬十七？統統讓老太太我的兒子來剿滅！

因為事情有了意料之外的發展，我們放慢船速，擬定了作戰計畫。有了朱心提供的地形圖，我們很輕易就了解島上所有的地勢，於是決定夜晚進攻。

＊　＊　＊

所有人在黃昏的時候就開始準備，頭上綁著紅頭巾，上頭印著海幫特有的圖騰，每個孩子都把上衣一脫，露出好看的胸膛。

老太太我也有樣學樣，綁著頭巾換了一套褲裝，覺得自己頗有女俠士的味道，我本來也想跟著把上衣脫了，楚海卻說不准，沒想到這孩子凶起來竟然跟他大哥有得比。

我們在夜晚的時候登島，月光很亮，沙灘上都是白沙，照得整個宛如天堂之路。

「各位，請小心不要驚擾海盜……」朱心小心翼翼提醒，想帶我們從另一邊繞進去。

可老太太我卻朝她搖搖頭，學鳳仙太后雙手叉腰站開三七步往船頭一站，迎著風對她說說：「不用，我們楚家做事，向來光明正大。」

我雙手叉腰，氣沉丹田，「島上的海盜們給我聽著，今天本夫人要來替天行道，把你們趕出人魚島，代替……唔……」抬頭一看，正好月亮很明亮，「代替月亮來懲罰你們！」

林中立刻因為這一喊而亮起好幾把火光，迅速排成一列朝這裡移動。

有人帶頭走出來，老太太我終於知道馬十八為什麼要叫「馬十八」，瞧他一臉的痲子，赤裸的上身還有十八道刀疤（大概吧）。他本是一臉戒慎，看到獨自一人站在船頭的老太太我，立刻涎著臉開口。

「哪裡來的小娘子，美成這樣，快下來，哥哥可以不跟妳計較。」

「你瞎了眼，若你是本夫人的哥哥還能長成這樣？」肯定是爹娘抱來的。

「咳！看妳有幾分姿色才放過妳，沒想到敬酒不吃吃罰酒，本大爺正好缺個暖床的，妳正好……」

船上一瞬間亮起來，一整排的火把霎時點亮，把海上的夜空照得宛如白晝。

「暖床？這些火把夠不夠你用？」楚海現身，表情很冷淡。

馬十八瞇起眼，沒料到會出現這種陣仗，臉上有些緊張。

「你是海幫的……」

「我分明記得在我楚家的海域都不得行此強盜之事，你竟然還敢強占小島、奴役島民，居心何在？」

馬十八看看自己左右，吁了一口氣又轉過頭來。

「那又怎樣，今天這島上都是我的人，你的船頂多載一、兩百人，能與我們相提並論？只要在這裡解決你，以後海上的事情還不是我說了算？」

「頭髮亂了。」他們在那裡互吼嗓子，我只關心海風把小海的鬈髮吹得亂七八糟，連忙伸手去替他撥。要隨時注意服裝儀容，才能當個活活潑潑的好小海，堂堂正正的楚家人。

「娘別忙了。」

「不忙不忙，你是娘親愛的兒子。」

「……你們有沒有在聽本大爺說！」

楚海顯然懶得跟對方廢話，手一舉高，船艙內幾門黑忽忽的東西被推出來，據說是小海上回到西方運回來的新武器，正好藉這機會試試。他手又一揮，船上砰砰砰砰砰轟然五聲巨響，海灘被炸起數個的窟窿，把海盜們炸得人仰馬翻。

在轟然巨響中老太太我摀著耳朵大叫：「這聲音怎麼這麼大，太吵了！這樣下去娘會重聽！停下來！停下來！」

於是楚海只好示意砲火停止。一停止，我立刻憤怒的對小海叫起來：「怎沒跟娘說會這麼大聲，娘的耳朵很脆弱。」

「娘，早讓妳待在船艙內……」

「不管，好吵！娘頭痛了。」

「是，都是我的錯。」

「知道錯就好。」

下面的人看上頭半天沒動靜，又站起來。

「怎樣，哪裡來的怪武器，是不是沒用了？但本大爺的兄弟還很多，全都出來。」林中突然湧現出五、六百個人，黑漆漆的看上去每個人都長得一樣。

我看了一下，跟楚海咬耳朵，「為什麼一定要留鬍子跟綁頭巾才是海盜造型？」

「兄弟們，上！」

海盜哇啦哇啦的衝過來，楚海手舉起來，又是五聲巨響。

「停停停停！太吵了，娘受不了！」

砲響又停止，海盜們沉默一會兒，繼續不屈不撓的前進，楚海又舉起手，砰砰砰砰轟起來。

「娘不是跟你說要停嗎！你這壞孩子！」我摀著耳朵大叫，可惜連自己也聽不見自己的聲音。

於是我一叫，楚海就停，海盜一進攻，楚海又轟……如此不停重複又重複，把整個海灘炸得沒一處是完好的，大概半個時辰以後，下方就沒了聲響。

「求求你們一次轟完，給我們一個痛快吧……」

海灘上突然傳來一句有氣無力的呻吟，探頭一看，乖乖，海盜躺了一地。

「別在那兒打情罵俏……」連馬十八都倒下了，顯然某顆砲彈打中他的藏身地，他也癱在那裡動彈不得。

「可以了，大家出來吧！」楚海道。

眾人從船艙內出來，朱心看到海灘上的情景，嘴大得可以塞下兩顆滷蛋。

「你們……你們究竟是什麼人？」

老太太我很和善的回應她。

「沒什麼，不過是有點錢、有點權、有點時間的人。」

＊　＊　＊

其實海盜們一個也沒死，那火砲雷聲大雨點小，雖是轟然巨響，但殺傷力卻不驚人，海盜們受了輕重不一的傷，卻奇蹟的一個也沒死，馬十八對楚海心悅誠服，三跪九叩流著淚說他以後再也不敢。

天亮的時候島上的居民都跑出來，列隊感謝。

那些海盜搜括的珍珠有一半都歸了我楚家，果然是顆顆圓潤飽滿，讓人驚嘆，不過這也不是一筆對方吃虧的生意，島上的居民跟楚海約定，由我楚家海幫保護他們，而每三個月他們上繳一千顆珍珠做保護費。

老實說，我覺得這對他們來說簡直賺到了。

「夫人……你們馬上就要走了嗎？」珍珠在裝船的時候，朱心握著老太太我的手一臉不捨。

「呵呵！行事不留名，我們楚家做好事不求回報，既然海盜已經剷除，我們當然要回去啦！但如果妳想要感念我們的恩澤，記得是大榮楚家幫了你們，而且是我的兒子楚海，千萬不要感謝錯人。」

朱心熱淚盈眶，握著我的手直道謝，總之結局就是皆大歡喜。

回航的路上，我發現楚海自己跑去開船，副船長不見了，好奇的問了之後才知道，原來副船長跟朱心兩人一見鍾情，副船長已經留在人魚島上當女婿了。

一聽這件事老太太我就鬱悶，怎麼老天爺能成全別人，就不成全成全我的兒子？

啊！還有一件事不能不提——

楚海把那些海盜帶回大榮國救治，想當然耳是送進楚翊的藥鋪，幾天後我看見楚翊和帳房忙著清點整箱整箱的珠寶。

「小翊，你在清點什麼？哪來這麼多珠寶？」

我可愛的小兒子天真無邪的回我一句話——

「我賣藥給海盜們啊！沒想到他們的家底真不少，挖得很乾淨。」

這年頭，搶劫不如賣藥快，聽說馬十八從此以後洗心革面，成了一個藥材商人，一票海盜還到楚翊的藥鋪內見習，也算是一個改過向善的最佳例子呀。

第八章

楚海無功而返，老太太我沮喪三天，這回決定往我的四兒子進攻。

想要嫁給楚殷的閨女多到可以填滿花錦城的護城河，每個月至少有十家的爹娘上門來要求楚殷對他們家的女兒負責，如果這孩子的品味不是那麼高的話，恐怕孩子都生兩打了。

放眼整個花錦城內，竟然想不出一個美得足以跟我家小殷媲美的天姿國色。

「唉……」

我一邊嘆氣一邊跨入繡閣內，這幾天楚殷都在忙著製作下一季的衣裳，早出晚歸，老太太我找不著人，只好自己跑來繡閣，裡面的繡娘都跟我很熟，一見到我來，連忙放下手上的活兒全湊過來。

「夫人，歡迎您來。」

「夫人請進。」

「恬恬幫您把面紗摘了。」

「嗯。」我點點頭。其實仔細一看，這群小繡娘裡也有好幾個相貌清秀，要是楚殷能喜歡其中一個該有多好。

我被小繡娘們攙扶著坐下，左右張望一會兒，就不見楚殷的人影。

「小殷呢？」平時不是都立刻出來接老太太我嗎？

小繡娘們妳看我我看妳，末了一個膽子大點的出來回話。

「四爺今天早上大發脾氣，這會兒沒人敢進去跟他說話……」

我呷了一口茶。也難怪這些小繡娘們怕成這樣，我家楚殷不發火則已，一發火起來跟噴火龍一樣。

以前楚海曾經不小心把墨汁打翻在他剛完成的設計圖上，小殷氣炸，搶過楚軍的劍去追殺自己的親哥哥，後來是老太太我死命護在小海面前，而楚明又護在我們前面，楚軍楚翊一左一右才把楚殷架開。

這群小繡娘眼巴巴的看著我，一臉好像老太太我是菩薩下凡的樣子。我嘆了聲道：「今天又是怎麼回事？」

「有個新來的繡工竟然把四爺要的料子弄錯了，四爺因為衣裳呈現出來的感覺不對而大發脾氣。」

「弄錯料子這麼大的事，那人還能活著嗎？」老太太我咋舌，不敢置信。要知道小殷這人挑剔得很，饒是少縫幾針少串幾顆珠子在他眼裡都不得了，這回是整件衣裳的料子都弄錯了，那人還有命嗎？

「夫人……」繡娘們全都看著我，有幾個人的眼淚已經在眼眶裡打轉，老太太我生平就是見不得小女孩流淚，一哭就要舉手投降。

「好好，本夫人來處理。」

繡娘們大喜過望，把我領上三樓最裡頭的設計室，還沒靠近，就聽見裡頭傳來瓷器破碎的聲音，顯然有人正在重新整修室內……

小繡娘一把我送到就立刻躲得遠遠，一群人在樓梯間探頭探腦。

這年頭娘親難為啊，要拉皮條又要哄兒子。

我站在門前做了幾個深呼吸，這才輕輕的叩了兩下門，裡頭砸東西的聲音霎時停下，卻沒人說話，氣氛僵得可以。

「想死的就給我滾進來！」

老太太我遲疑了兩秒，慢吞吞的推開門，先探進一顆頭。

「小殷……娘不想死……也不想用滾的，好嗎？」

楚殷聽見我的聲音，渾身一顫轉過身來，抿著唇不發一語，忽然一把拽住老太太我的手拉進房內，後面的繡娘們齊聲驚呼，門在身後碰的被關上。

房裡滿目瘡痍，好像剛被楚海的火炮轟過一樣，估計楚殷這孩子也有人形火炮的潛力，一進房內老太太我就被他緊摟在懷裡，我掙了掙，卻是掙不開，就為自己調整一個舒服的位置，也不推開，任他把臉埋在老太太我的髮中。

哎唷~娘親愛的抱抱是比什麼都有用的獎勵，只是楚殷這孩子火氣越大，就要抱越久，抱到老太太我都有些睏了，楚殷才有了動作。

他到一邊的軟椅坐下，順道把老太太我拎到自己腿上，再開口時，語氣就溫柔多了。

「娘怎麼來了？」

「娘突然想來看看你。」

「剛剛嚇到娘了，真是抱歉。」

這孩子火氣沒了的時候，溫文爾雅到判若兩人。

「不會，娘不介意。」

老太太我的目光在房內梭巡一圈，正好看見那套被掛起來的衣裳。小殷有個好習慣，毀天毀地也不會毀自己的作品，老太太我很輕易就能找到方才小繡娘們口中的失敗作品。

楚殷也發現我的視線，從鼻孔裡哼了一聲。

「有個笨蛋把料子挑錯，結果整件衣裳的感覺都不對，更糟的是那種布料要提早下訂，現在再改單根本來不及，這一季預定要做的夏裝款式統統不能做了。」

「娘覺得挺好看的……」

「不行，這不是我要的感覺。」楚殷想也不想便一口否決。

有鑒於以前的經驗，跟這孩子什麼都好談，要是服裝方面的意見與他相左，最好還是乖乖閉嘴，於是老太太我乖得像隻老綿羊，溫順的讓楚殷抱著。

「娘今天真不好看。」他抱怨了聲，接著老太太我就覺得頭上一鬆，長髮陡然散了下來。

「小殷！」我忙伸手去摸，果然頭上的簪子已經被楚殷扯下，我想搶回來，楚殷卻不給我。

「要是髮髻不好看，大不了娘回府裡讓秋菊她們重梳，可你幹嘛把娘的髮髻拆掉，這樣娘等下要披頭散髮的走出去嗎？」

楚殷不理我，只是皺眉瞪著那根簪子。

「我沒說髮髻不好看，是這根簪子的問題。這不是我做給娘的簪子吧？」

楚殷握在手中的簪子通體白透，尾端雕成麒麟頭的形狀，簡單樸素，的確跟楚殷平時的華麗風格不同。

「喔……這是蒼狼送給娘的。娘見他們那個王座的雪玉品質很好，讚了幾聲，蒼狼就讓人把之前被砍斷的那根扶手拿出來，磨成一支簪子送給娘。這麼有孝心的晚輩實在不多見。」我呵呵一笑，老太太我還挺喜歡這支簪子的。

楚殷聽罷，臉拉得老長，把簪子拿在手上就是不還老太太我。

「娘只要穿戴我做的衣裳跟飾品就好，這種粗製濫造的東西別戴。」楚殷說著，就把那簪子往窗外一扔，老太太我連阻止都來不及，窗外傳來一聲慘叫。

「小殷你這孩子怎麼可以這樣，那是別人送給娘的東西耶！」老太太我有些氣惱，雖然疼愛這孩子，但他這麼做未免過分。

「放開娘，娘要去把簪子拿回來。」我掙扎著要離開小殷的懷抱，不想這孩子把手臂環得更緊，讓老太太我動彈不得。

楚殷靠在老太太我耳邊輕聲說了一句：「讓娘去戴別的男人送的東西？當我們全死了不成？」

「什麼？」我愣了一下，總覺得這句話有幾分弔詭的意味，楚殷卻不回應，忽而臉上綻開笑容。

「不過娘來得正好，好一陣子沒替娘量身了，為了避免夏裝不合身，還是先量一下吧！」

「喔好……不對，別轉移話題，娘還沒罵你把簪子丟掉呢！」

「如果娘乖乖配合，待量身量好，我就讓人去幫妳買桂花蜜糖。」

「好。」

從以前開始都是楚殷替我量身，不假他人之手。他把袖口捲起，領口略略敞開可窺見鎖骨，一條布尺帥氣的掛在肩頭，怎麼看怎麼賞心悅目。

「娘先把外衣給脫了吧！」

「好。」我乖乖脫掉外裳。

「來，把雙手往兩邊平舉。」

楚殷一個口令我一個動作，他半跪在我面前準備量我的腰，當布尺拉到身後他再伸手往前拉過時，他的臉就貼近在我身前，正好方便老太太我欣賞。這兒子不管上看下看左看右看，一整個就是無死角的優雅。

「娘瘦了好多。」楚殷一看布尺上的刻度，眉頭就皺起來。

「有嗎？」

「腰比之前少了兩吋。嘖，去一趟北蒼國就變這樣，真是麻煩。」

「什麼意思，娘很麻煩嗎？」

「當然，要把娘養胖可麻煩了，娘身上本來就沒幾兩肉。」

「你說得娘好像是豬，要秤斤論兩的……」

「那我還希望娘像小豬那麼好養，天天吃那麼多，到底都吃到哪裡去了。」楚殷站起來，捏捏我的鼻頭，繼續替我量肩寬、臂長，最後連頭圍都量了。

「今天怎麼量特別多？」平時頂多量量腰圍什麼的，畢竟老太太我都一把老骨頭，也不會再長大了。

「嗯……這次的衣裳比較特別，自然要量得細緻些。」

「什麼衣裳？」

楚殷笑而不答，量好以後收起布尺，從一旁的櫃子內取出一個布包，放到桌上平平整整的打開，裡頭有一匹月白色的綢布，在日光照耀下，散發珍珠般的溫潤光澤。

「這是什麼料子，娘從來沒見過。」

「這是最近繡閣新製成的布料，我取名為珍珠錦，只是此布難製，失敗了上千匹才製成這麼一匹，打算用這料子替娘做件新衣裳。」

老太太我一摸，乖乖，滑順得跟流水一樣，觸感比絲還柔軟。

「用這麼珍貴的料子替娘做衣裳太可惜了，娘看你還是留著給你未來的媳婦做嫁裳吧！」

「但我沒打算給娘以外的人穿。」楚殷說著，把錦緞往我身上披。

這布料軟滑，像是穿了一朵雲在身上，老太太我忙不迭的拉住，此時披散的長髮又來攪局，我手忙腳亂得很，楚殷卻涼涼在一旁看著，就是不過來幫忙。

在我好不容易拉好布料後，頭髮已經亂得不成樣子，抬頭一看，楚殷正雙手環胸看著我，似乎很享受這個過程。

「小殷！看娘忙成這樣，你也不來幫娘！」我氣呼呼的指責，心想這孩子什麼時候變得這麼不體貼。

楚殷聞言輕輕一笑，「我只是在想，娘即使把自己搞得一團亂，在我眼中還是很美。」

這孩子就是嘴甜，老太太我被楚殷這麼一說，忽然有種怪不好意思的感覺，不禁拉了拉身上的錦緞，這才發現剛才一陣忙亂下，單衣都鬆開了，一邊的肩膀露了出來，我驚呼一聲，連忙就要拉好。

「別動。」

啊？老太太我愣愣看過去，發現楚殷不知何時已坐到桌前，大筆一揮就往紙上揮毫。

「亂七八糟的娘有什麼好畫的？要畫也該畫娘平時的樣子。」我嘟著嘴嚷嚷，對這孩子的藝術品味實在不能理解，不過還是順著他的話一動也不動。

記住！千萬不可以在靈感或者工作方面跟楚殷這孩子意見相左。

楚殷畫得飛快，一張畫三兩下就完成，我湊過去想看，他卻把畫收起來。

「怎麼了？娘也想看啊！」

楚殷不說話，逕自把披在老太太我身上的布料拿開，同時替我取來外裳穿上。

「現在還沒完成，等真的完成我再給娘看。」

「什麼時候會完成呢？」

「很快。」

「那到時候一定要給娘看喔！」

「好。」

楚殷說完將我柔柔一推，我順勢乖乖坐下讓他替我梳髮。楚殷的手指纖細，穿梭在髮中有種說不出的舒服，見他三兩下就替我挽了個側髻，可是沒有簪子，最後只用一條琥珀黃的帶子紮起。

那天老太太我吃了三盤桂花蜜糖才走，回到府內才想起自己本來要去幹嘛，不禁扼腕不已，後悔一整個晚上。

＊　＊　＊

隔天，上官夫人就差人捎來口信，說她找了個西方的雜耍團來花錦城表演，由於她那棚子太大了有點空，需要人去充人場。老太太我正好心情鬱悶，想說看看雜耍開心也好，便答應上官夫人。

本來打算帶香蘭香鈴去，但出門前郝伯那廝卻跑來抱怨我重女輕男，說他多年服侍老太太我勞苦功高，我們一行人卻去北蒼國遊山玩水，害他一個老人家苦哈哈守在府裡多辛苦云云，於是我臨時改變心意，帶了郝伯一起去。

一到現場是人山人海，棚頂高高掛上一面上官府的旗子，很容易找。

「上官夫人。」

我一踏進棚子，發現除了上官夫人以外，還有一名同樣戴著紗帽的女子也坐在裡面，上官夫人起身迎接我，那女子卻一動也不動，老太太我不以為意，逕自入坐。

西方來的雜耍團果然有趣，吞刀噴火不說，還有人把頭伸進老虎嘴裡，看得老太太我膽顫心驚，驚呼連連，一直到中場休息時才有空喘息。

「話說，妳兒子們的婚事進行得怎麼樣？」

上官夫人果然劈頭就問這件事，老太太我剛剛興奮的心情馬上跌到谷底，愣了好一會兒才幽幽嘆氣道出事實。

「什麼——？妳說四個兒子沒一個成功？」

上官夫人一聲驚呼，我連忙去摀她的嘴。

「別大聲嚷嚷，要是讓別人都知道，本夫人多丟臉。」

上官夫人扯開我的手，沒好氣的瞪了我一眼。

「妳戴著紗帽誰知道妳是誰？」

「喔呵呵……說得也對，我戴著紗帽耶！肯定沒人認得出我是楚家夫人。」

「……」上官夫人無奈的瞪我一眼，呷了一口茶，臉上驀地揚起勝利的笑容。「所以說妳這當娘的還是差我一截。」

「什麼意思？」話剛問出口，我下一秒恍然大悟。「難道是上官傲大人有好消息了？」

「哼哼。」上官夫人從鼻孔裡笑了兩聲，滿臉得意洋洋。

怎麼會這樣，我四個兒子沒半個成功，她只有一個兒子就成功了，老天何其不公！

「是怎麼成功的，能告訴我秘訣嗎？」

上官夫人撩一撩頭髮，下巴都快抬得跟額頭一樣高。

「也沒什麼，可能是體諒娘的辛苦，傲兒前幾天自己來告訴我，說他已經有了心儀的對象，下個月就會帶來見本夫人。」

「怎麼這麼好！」我要兒子相親得賣盡老臉，還要讓兒子教訓，怎麼別人的兒子就這麼乖，自動帶情人來見娘？

「不過夫人對媳婦的要求不是很嚴格嗎？要是上官大人帶來不好的女子怎麼辦？」會變成婆媳問題耶！戲臺上都是這麼演的。

「放心，本夫人打探過了，聽說是百家的孩子，那百家是史官出身的優秀世家，雖然不能說拔尖，可是家底殷實、受人敬重，也能配得上我家傲兒。」

「百家？」老太太我愣了一下，我記得小季的本名好像叫百季……雖大膽假設，還是要小心求證一下。

「請問夫人，知道那位小姐的閨名嗎？」

「哦，傲兒說那小姐叫季兒。」

「……」

真相有時是殘酷的，看著樂呵呵的上官夫人，老太太我本來想說的話全都吞回肚子裡，只能祈禱小季真的有個叫做季兒的姐妹……

「不過話說回來，妳到現在還沒成功半個，真是太不像話，簡直是失敗的娘親典範。」

被上官夫人一說，老太太我難過的把頭都低了下去，扭絞著手中的帕子，「我也很努力了……」

「依本夫人看啊，肯定是因為妳沒有以身作則。」

「什麼意思？」

「楚瑜丞相死得早，這些孩子跟妳相依為命，他們已經習慣這樣的家庭模式，不覺得要有一男一女才能組成圓滿的家庭，要是他們平常就看著爹娘甜蜜恩愛的樣子長大，無形中也會激起他們想成家的渴望。」

「上官夫人不也一樣嗎？上官大人自小就過著沒有爹的生活啊！」

「那是因為我這個娘親從來不讓傲兒操心，而且我成天鼓勵他成家，妳就是讓人放不下心，所以他們才不敢安心娶媳婦。」

所以說到最後，是老太太我的不是嗎？我癟癟嘴，萬分委屈。

「那我要怎麼辦？」

「最好的方法是以身作則。」

「什麼是以身作則？」

上官夫人正要回答我，下半場的雜耍便開始了，觀眾的歡呼聲把上官夫人的聲音都蓋過去，老太太我忙著看表演，心想著等散場再問，偏偏不巧散場時忘了這回事，親親熱熱跟上官夫人道別後就走了。

回到楚府吃過晚飯才想起這件事，自己在花園裡一邊散步一邊思考何謂替兒子以身作則，無奈想破了頭也沒有答案，只好把藏在懷裡的平安符拿出來，希望楚瑜這個做爹的可以給我一點提示。

畢竟是他兒子，總該幫幫忙吧？

我把平安符握在手中，喃喃向楚瑜祈禱半晌，再攤開手，什麼也沒有，我嘆了口氣，正想把平安符收起，卻有一張小小的紙條從平安符中掉出來，仔細一看，發現平安符裡面有一層薄薄的蜜蠟，本來紙條是被封在裡面的，可因為這些日子我天天隨身帶著，蜜蠟被體溫融化，今兒個紙張就飄出來了。

難道這是楚瑜要給我的提示？我喜孜孜的把紙條撿起來一看，上面只寫著一句話——

瀅瀅，我若死了，妳便改嫁吧！

第九章

「夫人，您今兒個沒事為什麼要穿朝服？又不需要進宮。」

「別問，就幫本夫人穿上吧！」

春桃和冬梅互看一眼，仍然順從的替我穿上。

因為今天是重要的一天，老太太我一定要做好萬全的準備，將自己打扮得華麗隆重，全部的侍女都被我這突如其來的要求弄得莫名其妙，可也猜不透我高深莫測的意圖，只好乖乖照辦。

昨天我已經吩咐郝伯去通知兒子們，要他們今天一早在大廳集合，估計這會兒應該都到了。

在確定一切完美之後，老太太我款款起身，肅著臉往大廳走去，頗有壯士一去不復返的悲壯。

「娘。」

一進大廳，六個兒子都站起身齊聲問安。

老太太我點一點頭，逕自上座。郝伯預感有大事要發生，連忙搶過小僕人的扇子站在我身後。

鮮少見我這麼嚴肅，兒子們也面面相覷、面露疑惑，楚風是唯一一個自得的人，還招手吩咐僕人送茶上來。

啜口茶潤了潤喉，老太太我輕咳兩聲引起注意。

「娘今天叫你們來，是有事情想跟你們說。」

「什麼事，娘？」楚明是大哥，自然代表大家發言。

「自從你們爹死後，娘撐起這個家，不管什麼地方，娘都覺得對得起你們的爹，可唯有楚家無後這事是娘耿耿於懷的，不孝有三，無後為大，你們卻個個都不願意成親。」

說到這裡，我掃視一下眾人，除了楚風以外，每個人都一臉吃驚。

「這是娘的過錯，娘也拚命尋找補救的方法，最近幾天來思前想後，才明白言教不如身教，即使娘跟你們說一百次要去成親，可是你們不成親就是不成親，於是娘下定決心要以身作則。」

幾個機敏的孩子如楚明與楚殷似乎已經猜到，臉色倏地一變。

「娘，這是什麼意思？」楚海這孩子就是笨了點，自然要問。

我慢悠悠的看了他們一會，又喝了口茶。

「娘要改嫁。」

「啪！啪！啪！啪！啪！啪！」

五聲茶杯的碎裂聲響起，除了楚風以外，其他兒子全都捏碎了自己手上的茶杯，楚風慢吞吞喝完最後一口茶後，也非常配合的把茶杯往地上一摔……六只盡碎。

「娘在胡說什麼？」楚明瞇起眼，聲音低沉了幾分，能嗅出危險的氣息。

「娘沒開玩笑，娘要改嫁。」當然，老太太我是被嚇大的，對於楚明的凶臉還是有點免疫力。

「嫁給誰？」

「呃……秘密。」其實還沒想出來……

「南城的雪無雙嗎？」

楚殷的聲音陰森森的。

一旁的楚軍手指撫摸著腰間的劍；楚翊則把指節折得啪啪響。

「不是……」

「難道是北蒼國的新國君？」

「不是……」

「那是誰？」

「呃……」沒想到兒子們會追究這個問題，老太太我有些驚慌起來，身子往後縮一縮，旋即鳳仙太后以前罵老太太我的話又浮現在腦海。

「妳就是這樣任人捏扁搓圓的，那些兒子才各個都不結婚。」

沒錯，現在絕對不能退縮！老太太我挺起背脊，頗有殺身成仁的氣勢。

「不管是誰，也輪不到你們管，哪有兒子管娘的事情？總之，娘就是要改嫁，嫁給誰都沒關係。」老太太我要以身作則，這樣我的兒子們才能仿效我跟著成親，沒錯，楚瑜一定是想這麼提示我。

「不行，娘不能改嫁。」楚海急吼吼的喊起來，滿臉氣急敗壞。

楚明不作聲，逕自瞇起眼來，手指在茶几上輕叩，楚翊轉頭看向他。

「大哥。」

我不理楚海，也抬頭瞪楚明，務必把下巴仰得比他高。所謂擒賊先擒王，要讓這群兒子們低頭，首先氣勢就不能輸給楚明這賊王，老實說要不是老太太我已經坐在椅子上，雙腳肯定會抖到無法站穩。

平時這孩子一凶我就想逃，今兒個能夠留在這裡已經很了不起了好嗎？

楚明沉著臉半晌，末了說了三句話。

「好，很好，非常好。」

我不理解這三個好有什麼意思。

「既然娘要改嫁，那麼我也不認妳這個娘了。」

「什麼？」事情怎麼會這樣發展？不是說我給兒子們以身作則，他們就會乖乖去成親嗎？

楚明一指地上的碎茶杯。

「我們母子的感情猶如這個茶杯，已然沒有修復的可能，至此母子恩斷義絕，我不認妳是我的娘。」

「大哥，你在說什麼，怎麼可以不認娘呢？」楚海第一個跳出來護衛我，橫眉豎眼的跟楚明對立。

「大哥說得對。」楚軍開口，臉上的情緒讓人看不清，起身站到楚明身後，「我也不要娘了。」

「你們……你們……」老太太我伸出手指抖啊抖。太過分了，娘一句改嫁，你們就全都聯合起來不要娘，也不想想這些年來娘多疼你們。

楚殷跟著站起身，我看著這個一向體貼的兒子，他一定能體會娘的用心良苦，站到——楚明那邊去？

「我也覺得大哥說得對，今天娘既然想改嫁，我們就不認妳這個娘了。」

「小殷你……不久前不是才說只想做衣裳給娘穿嗎？怎麼可以這樣？」難道是我太寵兒子了？聽說寵兒子會不孝，可是昨天為止他們都還很孝順啊，難道是我昨天晚上夾太多菜給他們，他們得了寵就不孝？

「我改變心意了。」楚殷道，一臉像在談論天氣。

此時楚翊也站起來，一臉無辜的左看右瞧。

小兒子一向最貼心最護我，肯定是向娘這邊走過來。

果不其然，楚翊躊躇了一會兒就往老太太我跟前走來。

楚海臉上微微有笑意，正打算往旁邊站一步，說時遲那時快，楚翊一個手刀往他的後頸砍去，楚海連叫都來不及，應聲昏厥。

「小翊……你……」

「對不起，娘。」楚翊轉過身來，笑得跟往常一樣天真無邪。「我把三哥帶走了，我是支持大哥的。」

楚海被人拖著頸子拉到楚明那邊去，這會兒變成五對一，老太太我渾身抖個不停，那廝郝伯見情況不對，早把扇子塞回小僕人手中，自己溜去擦窗臺。

老太太我所有指望都在女兒……不是……兒子楚風身上，不禁眼巴巴的看著他。楚風卻只顧著欣賞外面的風景，半晌轉過頭來。

「你們繼續，別在意我。」

這可真是窩裡反了，我的兒子們竟然齊心說要跟我這個娘斷絕母子關係，頓時我大顆大顆的眼淚撲簌簌直落，平時他們一定會爭先恐後哄我，但這會兒竟然沒半個人安慰一句。

「家門不幸……嗚嗚嗚……娘竟然教出你們這些兒子！」

楚明對我的責備置若罔聞。

「今天既然斷絕母子關係了，那麼妳也沒有資格繼續住在楚府內，郝伯！」

「是，爺。」郝伯應聲而出，對楚明畢恭畢敬。

「吩咐人幫前任楚夫人收拾行李。」

「嗄？真的嗎？爺？」

「你有問題嗎？」

「沒有……」

郝伯脖子一縮，領命去了。

老太太我不敢相信，直到春桃送來幾大箱行李才發現這不是開玩笑，他們是真的要把我這個娘趕走。

這時候說不走也太丟臉，當了他們這麼多年的娘，最後不能這麼沒志氣的離開，可是我的眼淚還是停不住。

「備車，可以送走了。」楚明聲音很硬，不容置喙。

「請吧！夫人。」

郝伯上來牽我，我嗚哇哇的直哭。

楚瑜你看你兒子啦！誰說後娘欺負兒子的，分明就是兒子欺負後娘……嗚嗚。郝伯牽我走到大門口時，我已經哭濕了三條帕子。

「夫人小心頭，別撞著了。」

我一邊哭一邊爬上馬車，一回頭發現六個兒子……前兒子都站在門口。

「你們這些狠心的孩子，總有一天你們會後悔這樣對娘的，娘要跑到天涯海角去，讓你們一輩子都見不到娘……」

我抽抽噎噎的哭，楚明悶不吭聲的走上前，我以為他想開了要把我接回家，伸出手想讓他攙，結果他卻只是放了一條帕子到我手中。

「那條濕透了，換一條吧！」

我愣了一下，嗚啊一聲又哭起來。好！為娘要走得遠遠的，讓你們有一天後悔了也找不到娘！

車簾被拉上，我再也看不見他們的臉，從此以後孑然一身。

馬車往前奔馳，往未知的天涯海角而去——

第十章

「嗚嗚嗚嗚——」

「妳還要哭多久，瀅瀅？」

「嗚嗚嗚嗚——」

鳳仙太后不理我，逕自修剪一盆竹碧青。

事情是這樣的，我的天涯海角很短，大概只有楚府到王宮的距離那麼短。

老太太我也弄不懂為什麼車夫會湊巧把我扔在王宮門口，我只顧著坐在那堆行李上哭，直到驚動了門口守衛，認出我的身分通知太后，鳳仙太后才像是領走失兒童一樣把我領進去，她問明了事由之後，乾脆的讓我在宮中住下。

可是老太太我因為被兒子拋棄，傷心過度，天天除了哭還是哭，鳳仙太后拿我沒辦法，只好由得我哭。

「夫人，熱鬆糕做好了。」

宮女們端著一碟熱鬆糕進來，整個宮內都瀰漫著熱鬆糕的香氣，我抹抹淚，中場休息，拿起叉子開始吃鬆糕。

「太后奶奶，太后奶奶。」

我正在吃鬆糕，景天太子蹦蹦跳跳跑進來。

鳳仙太后一見景天太子就笑，樂呵呵的放下剪子把心愛的孫子抱個滿懷。景天太子後頭跟著懷胎七月的王后，被人攙扶著慢慢走進來。

「母后。」

「好好，慢慢走，千萬別摔著。」

看著這一幕天倫之樂，老太太我不由得眼中又蓄滿淚水。

「奶奶，聽我說！母后說要給我生個小妹妹，本太子好期待。」

「這回不是男孩，是女孩嗎？」鳳仙太后有些訝異，盯著王后隆起的腹部。

「應該是，前幾天鬼醫親自把脈說的。」

「既然莫名都這麼說，那應該是女孩錯不了，奶奶的心肝孫，你想要妹妹嗎？」

「想！妹妹軟軟香香的很好玩。」

景天太子大聲應是，他這溫馨的話聽得我眼淚直流，鬆糕吃到嘴裡都甜中帶鹹。

「奶奶，妳看狐狸精又在哭了。」

「……瀅瀅，妳哭什麼？」鳳仙太后一問出口，臉上立刻恍然大悟。「得了得了，都過這麼多天，妳還是放不下，光聽到『兒子』這兩個字都哭成這樣，我要是多講幾次妳不哭死？」

「奶奶，為什麼狐狸精要一直哭？」

「因為瀅瀅被她的兒子們趕出家門，現在無家可歸。你要知道，兒子把娘趕出家門是很不孝的行為，千萬不能學，否則奶奶會生氣的喔！」

「好，本太子絕對不會當個拋棄母后跟奶奶的兒子。」

景天太子大聲應是，老太太我的眼淚都在桌上流成小河。是說鳳仙太后何必在老太太我的傷口上灑鹽，有誰不知道我被自己的兒子趕出家門？

「夫人，該喝藥了。」莫名領著宮女走進來，一看見我在哭就皺眉。「夫人還沒哭夠嗎？」

「莫名——」

我淚流滿面的撲過去，哪知莫名很輕巧的往旁邊一閃，讓他身後的宮女接住我。

「現在只剩下你跟我站在同一陣線了，那些壞兒子，呃，壞前兒子，我們一起不要理他們……」

「夫人誤會了，我不是想跟妳站在同一陣線，是因為夫人被趕出府了，而我本來就是為了替夫人治病才留下來，妳一被趕出來我也跟著被趕出來，只好跟妳一起住進王宮。」莫名往後一揮手，後面的宮女立刻端上一碗苦藥。

「喝藥的時間到了。」

「不喝……子既不孝，生無可戀。」我趴在桌上淚光閃閃，還不忘把熱鬆糕往嘴裡塞。

唔，熱鬆糕真是好吃——

「不喝就扎針。」

「不喝！」我很有骨氣的把頭撇一邊——

「痛啊啊啊啊啊！」

「還敢不喝？」

「我喝！」我立刻接過藥一口飲盡。

這藥苦得連舌根都在發苦，我連忙塞進一大口鬆糕，但莫名的金針卻沒有收起來的意思，我瞪著他的動作，戒慎恐懼。

「我喝完了！」

「嗯。」

「你還想幹嘛？」

「我沒說喝完就不用針，夫人哭了這麼多天眼睛都腫了，針一針對眼睛好。」

「不用，本夫人眼睛很好，而且我也不想哭了。」我一邊說著，一邊用力把眼淚跟鼻水都吸回去。

莫名看看我，有些遺憾的把金針收起來。

「對了，楚家那些不孝的兒子們在幹嘛？」鳳仙太后問，語氣慵懶，莫名是幾天前才過來的，還在楚家多待了幾日。

「回太后，公子們吃得飽睡得好，跟以往一樣並無差別。」

「嗚嗚嗚——」一聽這話老太太我又熱淚盈眶，想不到他們沒了娘還能跟以前一樣吃飽睡好，太過分了！但在莫名的金針威脅下，就是沒敢把眼淚流出來。

「我也聽夫君說，這幾日丞相在朝上運籌帷幄，並無半分不同。花錦城內流言四起，楚府的公子們似乎也不在意。」王后難得插口，她最近稍稍轉性，偶爾會加入八卦話題。

鳳仙太后聽罷，抱著景天太子訓誡我。

「妳看妳，成天哭得不成人形，妳那些兒子卻沒心沒肺的，一點也不掛念妳，妳這樣替他們哭值得嗎？」

「嗚嗚嗚……那我要怎麼辦……」我眼巴巴望著鳳仙太后，望她明示。

「妳要知道，對別人報復最高竿的法子絕對不是自己躲起來偷哭，也絕對不要笨到玉石俱焚，最好的法子就是要讓別人知道妳過得很好。妳這些兒子既然沒有妳也能過得好，妳就要跟他們證明妳沒有他們也一樣能過得很好。」

太后不愧是太后，一出口字字珠璣，一語驚醒夢中人，老太太我旋即把眼淚擦一擦。

「那我要怎麼辦才好？」

鳳仙太后一指扶起我的下巴，左瞧右看，一臉嫌棄。

「先把自己吃胖些吧！現在瘦巴巴的，哭得都憔悴了。如果妳真的想要給那些壞孩子好看，就乖乖聽哀家的話。」

＊　＊　＊

老太太我謹遵太后的指示，不再哭泣了，即使聽到「兒子」這詞也要死命忍耐。那些壞孩子都不要我這個娘，我又何必把他們惦記在心上，老太太我要去追求更美好的人生。

於是我又回復到餐餐三大碗飯的胃口，為了快些增胖，偶爾還多吃半碗。王宮內的廚子不知怎麼著廚藝忽然進步了，菜燒得跟楚府中的味道一模一樣，連甜點都有楚明的水準，讓老太太我吃得好開心。

今天一早我就跟鳳仙太后一起出門去探望上官夫人，聽說上官夫人受到驚嚇，已經病了半月都不見好，由於少了一起嗑瓜子的對象，鳳仙太后決定去看看她，順道把老太太我也帶上。

太后出訪絕非小事，自然要個有分量的人來領隊，出訪那天老太太我上轎前就看見楚軍在隊伍最前方指揮若定。

幾日不見，我對兒子們的想念都氾濫成災，不禁站在原地淚汪汪，楚軍往後一瞥正好發現我，見我一臉委屈，他臉上浮起複雜的表情，末了輕輕一嘆，又回復面無表情轉回去。

「太后……妳看那個不孝的兒子，竟然一個招呼也不打……」我一上轎又哭，反正莫名不在，沒人扎針我就不怕。

「為了一個不孝的兒子哭，真是笨死了。」鳳仙太后撇撇嘴，突然大喝一聲：「不准哭！」

我嚇得聲收氣歇，停得太急還不小心打了一個嗝。

「這才乖～～」

太后伸手過來捏捏我的臉，我吃疼，摀著臉低呼一聲，委屈的盯著太后，突然有些覺得自己在家被兒子欺負，來宮中還是被太后欺負……

到了上官府，上官傲和僕人們已經等候許久。

「上官大人今天沒上朝？」我見上官傲一身便服，不像剛從朝中回來。

「家母臥病在床，在下向朝中請假在家親侍湯藥。」

「上官大人有心了。」

老太太我一聽，又忍不住難過，看人家兒子多乖，我的前兒子們……

上官傲領著我們到上官夫人房中，房內瀰漫著濃濃的藥味。

「娘，太后來了。」

上官夫人一臉病懨懨的躺在床上，看見自己的兒子卻故意別過頭去，鳳仙太后走到床邊，她忙想起身行禮。

「別了，身子不舒服就別勉強，免禮吧！」

上官傲吩咐僕人搬來兩張椅子讓我們坐在床邊，隨即安靜無聲的退出去。

「怎麼好端端的忽然病得這麼嚴重？」我看上官夫人面色青白，於心不忍，連忙追問。

上官夫人懨懨看我一眼，扯著被子坐起身。

「唉……古人總說養兒防老，其實不然，有兒反而是煩惱的根源，不如無子無憂……」

「怎麼了？不久前妳不是還得意洋洋的說上官傲大人有多棒嗎？怎麼今天就變了樣子？」

上官夫人猶豫了一會兒不作聲，她一向快人快語，突然這樣肯定是出了什麼大事，我和鳳仙太后不安的互看一眼，不作聲繼續聽下去。

「別提了……只能說家門不幸，我上官家一脈單傳，今天既然出了這種事……」

聽到這裡，老太太我也明白了七、八分。

「是不是上官大人把那位季兒……帶回家了？」

上官夫人又默不作聲，顯然老太太我猜對了。

「上官夫人……很介意小季的性別嗎？」

「楚夫人知道？」這下換成上官夫人吃了一驚，瞪大眼看我。

「不只她知道，就連哀家也知道。」鳳仙太后道。

太后果然耳聰目明，這朝廷上的事情到底瞞不過她。

「太后也……沒想到這種家醜竟然傳得人盡皆知……」上官夫人拿袖掩臉，抽抽噎噎哭泣起來。她自尊心高，自己兒子帶個男媳婦回來，想必就是這個驚嚇讓她一病不起。

我看得不忍，出聲安慰。

「其實夫人也不需如此傷心，小季這孩子雖然固執了些，可是性格乖巧，在家中也是極為孝順父母的，又是一位史官……呃……見習生，說不定很快就會升上正式史官，這是一份頂頂體面的工作，哪家媳婦能有這樣的本事？」

上官夫人抹著淚，悲悲切切道：「我們上官家如今就只有傲兒這麼一個孩子，他要娶個男媳婦，豈非斷我們上官家的香火？我也見過那孩子，確實沒有不好，問題就出在他是一隻生不出蛋的公雞，這叫本夫人情何以堪！……」

「而且傲兒還跟本夫人放話說非他不娶。這孩子從小到大沒違逆過我這個娘，而今竟然……竟然……嗚嗚嗚嗚……」

「問世間情為何物，直叫人生死相許，本來感情就是身不由己，妳不該這樣強迫自己的孩子。」鳳仙太后輕嘆一聲，出聲勸誡。

我有些意外鳳仙太后會說這種話，不由得一愣，那太后之前幹嘛一直拚命出主意要我把兒子們推出去？

「本夫人本是沒有成見，壞就壞在傲兒這孩子是我上官家唯一的獨子啊……」

「生養大如天，生跟養一樣重要，若是能領養一個好孩子好好教導，這血脈又有什麼重要呢？為了血脈斷送孩子一生的幸福，這樣妳忍心嗎？」

上官夫人是刀子嘴豆腐心，顯然被太后一說就有些軟化。

「妳看瀅瀅。」太后驀地一指，往我身上比來。

「她的六個兒子沒半個是她的，還不是每個都教得優秀出眾，對她孝順備至？」

「可是……」我正想開口說老太太我已經被斷絕母子關係了，鳳仙太后卻一指點上我的脣。估計這陣子上官夫人臥病在床，還沒人告訴她這個消息，鳳仙太后不讓說，我也只能乖乖閉嘴。

上官夫人看向我，似乎有些動容。

「哀家看上官大人這些日子似乎瘦了不少，顯然是為了上官夫人的事情左右為難，他既不想違背夫人的意願，又放不下自己的感情。其實這件事情只要妳願意退一步，豈不皆大歡喜？我國推行男女平等這麼多年來，始終不見顯著成效，若是名門上官家能為人表率，肯定能引起全國共鳴。」

那句「名門上官家」由太后嘴裡說出來，簡直像鍍上一層金般，上官夫人的眼淚霎時停了，臉上慢慢泛起一絲笑容。

「太后教導得是，我們上官家身為大榮國的名門望族，當然要為眾人之先驅，實在不該被這種陳腐的血緣思想束縛前進的腳步，我現在馬上就叫傲兒進來，答應他們的婚事。」

太后聞言，淡淡一笑。

「也好，哀家正好做個見證，成全一樁美事。」

於是上官傲就被叫進來，上官夫人在太后的見證下允了他和小季的婚事，老太太我此時才後知後覺的想到，怎麼好像沒人問問小季的意見？他那麼討厭上官傲，真的會答應這件婚事嗎？

在上官傲把我們送上王轎時，我聽見鳳仙太后低低的跟他說了一句話。

「哀家這個人情可算大了吧？明年南方的水利工程就由你去監工，不准再跟哀家討價還價。」

上官傲斂首低眉，低聲應是。

老太太我心一驚。

怎麼？這還有地下交易的？

＊　＊　＊

回程的路上，鳳仙太后心情很好，一直哼歌，我則眉頭深鎖，仔細思考起來。

「想什麼，瀅瀅？」

「太后，我有問題。」

「准許妳問。」

「小季那麼討厭上官大人，他真的答應這樁婚事了嗎？」

太后捻指在脣邊擱著笑出聲來。

「那小季怎麼可能答應，但是百家的人一聽到對象是上官家的獨子，便開開心心的把這個萬年養不熟的史官見習生貢獻出來，要知道副丞相的聘禮多到可以鋪滿一整條街，以此換一個史官見習生，百家樂得像是撿到寶。」

「可是方才太后還說要尊重孩子們的意願，怎麼沒人尊重小季的意願？」

「哦～～那是例外的情況，他那種情況要用多數決的暴力來解決。既然大家都叫他嫁，他就一定要嫁，而且他這一嫁有很多好處，不管是對百家，還是對朝廷。」

「怎麼說？」

「那上官傲生性淡泊，對於副丞相之位也是可有可無，這種不愛權勢又能力出眾的好官，打著燈籠也找不著，當然要想盡辦法拴住他。小季一生以史官為己任，史官是終身職，只要他不走，為了保護自己的愛人，上官傲當然也不會走。」

「而對百家而言，小季已經打破了歷年來最久的見習生記錄，實在讓祖上丟臉，但如果能攀上上官家這麼一門高親，不啻是大功一件，這是哀家與百家還有上官傲都三贏的局面。」

太后吹吹指甲上的灰塵，細瞧上面蔻丹是否塗得完美。

「那小季呢？」

「剛剛不是跟妳說這是多數決的暴力嗎？他的意願無關緊要了。」

「太后……我還有一件事情想問？」

「妳問題真多。好吧，准許妳再問一個。」

「如果今天國君愛上一個男人，說一輩子非他不娶，太后真的會答應嗎？」

「喔呵呵……妳怎麼問這種不成立的問題呢？哀家的兒子早娶了王后，孫子都生好幾個了。」

「我只是說如果嘛……」

「沒有如果啊！但哀家可以回答妳，假使真的發生那種事，哀家會給他下點藥，把他跟十個八個女人關在房裡，直到有了王孫才放出來。」

「那太后剛剛說血緣不重要……？」

太后瞇眼一笑，拍拍我的頭。

「我們是王家嘛！規矩不一樣。」

其實鳳仙太后才是說一套做一套、言行不一的標準典範吧……希望哪天鳳仙太后不要把這套用在老太太我身上……

＊　＊　＊

「剪這麼多應該夠了吧？」

我探頭看了看花籃，已滿了七、八成。

一大早鳳仙太后就叫我替她到花園內剪些花，說是芍藥開得正好，要剪些回去房內裝飾，老太太我對於藥字輩的都沒好感，可是太后有令不得不從，誰讓我現在寄人籬下。

剪了好一陣子，胳膊都痠了，老太太我很自然的擱下花籃、一屁股往旁邊的石階坐下，涼風陣陣吹來，想起去年這個時候與兒子們同登嶽山，春景處處，奼紫嫣紅，無處不飛花呀。

那時我六個俊俏兒子在身邊，還配上六個如花似玉的丫頭，附帶一個不重要的郝伯，一家出門其樂融融，怎麼會一轉眼景物依舊、人事全非？

「唉～～」我托著腮，長長嘆了口氣。

兒子們到底養了這麼多年，怎麼可能說忘就忘，吃飯的時候有時會呆呆看著飯菜發愣，不知道要從哪裡吃起好，畢竟以前老太太我只需要吃眼前碟子中的菜。

「嘆什麼氣呢？」

驀地有人柔柔一問，我愣了一下站起身來。卻見來人身上罩著一件精緻的牡丹綠袍子，上頭用銀線繡上大鷹的圖案，柔美的色澤卻跟磅礡的圖案奇異的融合在一起，再往上一瞧，秀氣精緻的眉眼，這不是——

「小殷？」我叫了一聲，旋即又想起來他已經不是我兒子了，偏過頭氣惱的坐下。

「妳來摘花？」

楚殷沒走，反倒走過來瞧我的花籃，我不跟他說話，只把剪子伸出去喀嚓兩聲，表示我是來剪花的。

「還沒裝滿，我看枝頭較低的都剪得差不多了，我幫妳剪枝頭高一點的花吧！」

我還沒拒絕，楚殷就取走我手上的剪子，幫我剪下幾朵高枝上的芍藥，我不領情的瞪了他一眼，拒絕拿他手上的花。

「呵！」楚殷也不介意，輕笑一聲，逕自拿過我身邊的花籃把花裝進去。

我坐在臺階上托腮看，滿園只聽見他偶爾剪花的聲音。這孩子為什麼連剪子都能拿得這麼優雅，宛如花林中的仙人。

「來，給妳。」

我回過神來，發現滿滿一籃的花已經遞到眼前，他新剪的那些花每朵都比我自己剪的還大還豔麗，我看了一眼，本想一腳踢翻花籃，又覺得花落在泥裡很可憐，只得站起身來心不甘情不願的接過。

「謝……啊！」

沒想到楚殷用另隻手握住我伸出的手，陡然一拉，我還沒弄清楚就整個人落在他的懷裡。他還是一樣，周身有暗香浮動，聞著就讓老太太我有想哭的衝動。

還沒待老太太我真哭出來，楚殷又驀地鬆開手，把花籃塞到我手裡。

「這是替太后剪的吧？還是趕快送去，免得太后生氣了。」

我弄不懂楚殷出現在這裡的原因，我被他輕輕一推，往月門走了兩步，回頭看他時，他還站在原地，臉上帶著淡淡的微笑，我往前再走了五、六步又回頭看，楚殷還是站在那裡，他看見我頻頻回顧，唇上的笑意擴大。

明明沒有跑動，心跳卻奇異的加速，我老臉一紅，再不敢回頭，把花籃揣在懷裡，像個小女兒家一樣埋頭跑了。

＊　＊　＊

我一直到鳳仙太后的宮門前才停下來，那些侍衛看我跑得氣喘吁吁，全都爭先恐後跑上前替我拿花籃，我拒絕了他們，像捧著寶貝一樣把那些花捧在懷裡，剛走到門前，卻被鳳仙太后的貼身宮女攔住。

「太后正在會見丞相，請夫人先別進去。」

「丞相？」

「是，楚明丞相。」

楚明沒事來找太后做什麼？他以前總是把少惹麻煩這種話掛在嘴上，更別說楚明對於鳳仙太后製造麻煩的功力也相當頭痛，時常把我跟鳳仙太后相提並論，可今天怎麼會自己找上麻煩呢？

我捧著花籃站在門口，百思不得其解。

「多謝太后。」

沒等多久，簾子一掀，楚明赫然出現在眼前，他看見老太太我愣了一下。一陣子沒見這孩子，我竟然覺得像是在看一個陌生男人，全無熟悉感。他看了我一眼，面無表情的離去，不過走下臺階時竟然被絆了一下，差點摔跤。

「楚明一向細心，今天是怎麼了？」我一邊喃喃道，一邊挑起簾子進入殿內，看見鳳仙太后咧開嘴微笑，顯然心情好得不得了。我把花籃交給一旁的宮女，乖乖走到鳳仙太后面前行禮。

「我回來了。」

鳳仙太后用……不確定是不是慈愛的眼神把我從頭看到腳，溫柔道：「妳看妳，摘花摘得滿頭都是汗，過來，哀家替妳擦擦。」

這一句話把老太太我嚇得退後三步。

鳳仙太后雖然跟我親近，可是也不曾親近到這種地步，今天鳳仙太后竟然打算幫我擦汗？若接受這種殊榮的話，明天會不會被砍腦袋？

「什麼反應，快過來。」

我半信半疑的往前兩步。

「妳那是螞蟻的步伐嗎？過來點。」

我再往前兩小步，龜速移動到鳳仙太后跟前，乖乖讓她擦汗。

「終於都準備好了，妳趕緊去試衣裳吧！」

「準備好什麼？」

「妳甭管，試了就知道。」

太后轉手就把我丟給宮女，宮女們我扛進房內洗個乾乾淨淨，還沒能回神，就被人按著穿上一件大紅衣裳，上頭的花紋怎麼看怎麼熟悉，這種樣式的衣裳老太太我這輩子好像只穿過一次……

「太后，為什麼我要穿嫁衣！」我嚷嚷著，掙脫一票宮女飛奔到殿前，總覺得事情峰迴路轉得太快，老太太我難以消化。

「哦？果然很適合。」鳳仙太后一指抵著頰，挑眉讚賞。「脣不點而朱，眉不畫而黛，豔如桃李，這般美貌肯定會讓人趨之若鶩吧！」

「什麼意思，太后！」我掙扎著，可是宮女們統統圍上來，把我按在一旁的椅子上不能動彈。

「沒什麼，妳之前不是說過一切都要聽哀家的嗎？」鳳仙太后彈彈指，步下她的鳳座，笑吟吟站在我跟前。

「我是說過，但……這跟穿嫁裳有什麼關係？」

鳳仙太后彎下腰，我看見她額上的鳳陽花印記越來越近。

「價錢談好了，當然就可以賣……不是，哀家的意思是說，妳之前不是說過要比那些孩子過得更好嗎？只是整天待在王宮內，是不會過得比那些楚家公子更好的，女人最大的幸福就是嫁給一個好男人，擁有一個完整的家庭。」

「可是……我……這……」

「沒事，瀅瀅，哀家只是幫妳辦了一個招親大會，為妳招募天下英雄豪傑做妳的第二任丈夫。現在天下豪傑們都為了妳聚集到花錦城來，也差不多是時候讓妳親自會見他們。」她拍拍我的臉頰，笑意盈盈。

不、不是吧？改嫁老太太我只是說說，如果我沒了兒子，幹嘛還要被強迫改嫁呢？我淚眼汪汪，被宮女們抓著動彈不得。

只聽得鳳仙太后笑呵呵的下令：「好了，把瀅瀅帶出去，小心把人看好，在三天後的招親大會舉辦前，不得讓她逃脫。」

直到被丟進房裡，門外傳來落鎖的聲音，老太太我才驚覺過來，搥著門大喊出聲。

「不──我不要──我不要啊！太后！」

第十一章

老太太我最近屋漏偏逢連夜雨，先是打算以身作則撂話改嫁讓兒子們仿效成親，結果出師未捷身先死，反被兒子們斷絕關係，後來以為聽太后的準沒錯，結果這會兒又讓鳳仙太后逼著改嫁。

人說出嫁從夫，夫死從子，老太太我要加一條，被兒子離棄後就要從太后……

「寫！」

鳳仙太后來到軟禁老太太我的房間，一揚手扔下一張白紙，老太太我看得一頭霧水。

「太后這是要我寫什麼？」這麼大一張紙，難道鳳仙太后要我抄心經嗎？

只見鳳仙太后坐在我對面，命人替我研墨。我戰戰兢兢，弄不懂鳳仙太后葫蘆裡又賣什麼藥。

「別說本太后不開明，本太后給妳一個機會。」

「什麼機會？」

「妳不是嚷嚷不想嫁嗎？可哀家覺得嫁了才是對妳最好的選擇，哀家說的話當然不能反悔，但哀家又想要尊重妳的意見。現在哀家蓋了一個七層高的招親擂臺，每一層都有一個關卡，不過六層樓的關卡內容都由妳來設計，若是一個人也沒通過，那哀家就不逼妳嫁，要是有人通過了，妳就得嫁。」鳳仙太后搖著羽毛扇，語氣輕鬆的好像在談論天氣。

鳳仙太后一向說一不二，能夠來跟我商量已經是莫大的恩惠，我只好乖乖提起筆，苦思半晌才寫下。

片刻後，我擱下筆。「寫好了。」

「這麼快，哀家來瞧瞧。」鳳仙太后拿過紙細看，不一會兒從鼻孔裡哼了一聲，旋即把紙揉成一團往後扔。

「人家好不容易才寫出來的！」我一見大驚，趕忙要去追那團紙，卻被太后按回位置上，然後我面前又攤開一張新的紙。

「哀家要妳想出刁難人的關卡，妳寫那什麼東西？」

「我覺得很好啊……」

「第一關，跟楚明對弈；第二關，跟楚軍對打；第三關，跟楚海比賽游泳；第四關，跟楚殷比賽品味；第五關，跟楚風比誰比較冷；第六關，跟楚翊比誰賺得比較多……」鳳仙太后過目不忘，把方才我寫的內容複誦一遍，末了還給我殺氣騰騰的一眼。

「我、我覺得很好啊……」我脖子一縮，弄不懂鳳仙太后在氣什麼，這可是老太太我能想到最完美的關卡了。

「哪裡好？」鳳仙太后怒氣沖沖一拍扶手，扶手立刻斷成兩截，可她面不改色、泰然自若的站起身，後面的宮女立刻換上一張新的椅子。

「妳也不想想，那些不肖子都不要妳了，妳還眼巴巴的把他們寫入比賽關卡，要是他們為了讓妳嫁掉，樣樣都放水怎麼辦？」

對喔……他們都不要我這娘了，我嫁給誰關他們什麼事？被鳳仙太后一提醒，老太太我立刻又淚汪汪。

「重寫！」

鳳仙太后一聲令下，我又乖乖提起筆，半個時辰之後……

「哼！」鳳仙太后再次冷哼，把紙揉成團往後一丟。

「我好不容易才寫好的……」我嚷嚷著，這回又搶救不及。

「這些東西算什麼？哀家一點也不覺得好。」

「我覺得不錯啊……」

「妳覺得不錯？」鳳仙太后明媚的眼往我身上掃視。「那妳說說妳剛剛寫了些什麼？」

「唔……第一關……一個時辰之內做出一百種甜點……第二關……赤手空拳跟十隻獅子搏鬥……第三關……必須跟吃人鯊魚比誰游得快……第四關……呃……我可以再看一下嗎？」

我偷偷摸摸想要把紙團撿起來看，不料還沒撿到手呢，鳳仙太后就又一拍扶手，把我嚇得渾身一震縮回去。

「瀅瀅！難道妳真的打算嫁嗎？」鳳仙太后一臉痛心疾首。

「不想啊！」我則一臉茫然，不是太后逼我嫁的嗎？

「那麼妳怎麼只寫這麼簡單的關卡？這樣不是人人都能通過嗎？」

這些關卡簡單到人人都能通過嗎？鳳仙太后請來的英雄豪傑都是些什麼人啊……

「算了算了！哀家就知道妳這孩子靠不住，讓哀家來提點提點妳兩句。」

「請太后明示。」

「妳知道對付很厲害的人，最重要的事情是什麼嗎？」

「是什麼？」我想不出來，連忙低聲問一旁的宮女甲，哪知宮女甲想不出來，於是低聲問了旁邊的宮女乙，可宮女乙也想不出來，於是問了旁邊的僕人丙，以此類推……推到太后身邊的僕人壬，他最可憐，沒人可推。

「我不知道……那我要問誰？」僕人壬怯怯的問。

「問太后啊！」我細聲細氣的提醒他，他恍然大悟的低下頭。

「請太后明示！」

鳳仙太后一拍額頭，深深一嘆。

「是哀家的錯，不該這樣給自己惹麻煩。聽好了，答案就是找出對方的弱點！」

「喔～～原來是弱點。」僕人壬轉頭朝宮女辛說，宮女辛又轉頭朝宮女庚說，以此類推應該要推回老太太我身上，可是偏偏那宮女乙耳朵尖，搶先一步把答案告訴我，於是中間那幾個人活生生被跳過了。

「可是我要怎麼知道很厲害的人的弱點，每個人的弱點都不一樣啊！」我皺起眉，還是不了解鳳仙太后話中的意思。

「這很簡單啊！」鳳仙太后驀地彎起一抹笑，笑中有一種成分叫狡詐。

「妳不是曾經有六個很厲害的兒子嗎？強者的弱點大多相去不遠矣，妳就把六個兒子的弱點都寫下來，懂嗎？」

「哦～～我懂了，推己及人，我兒子他們做不到的事，那其他的人也做不到，我懂了我懂了。」幹嘛不早點告訴老太太我，害我如此困擾呢？於是我洋洋灑灑大筆一揮寫得飛快，可寫到最後卻發現一個不對勁的地方。

「咦？可是太后，這擂臺有七層樓，目前只有六道關卡，那還有一層樓要幹嘛？」

「有一層樓當最終關卡啊！」

「最終關卡？」

「要是真的有人闖過這六道關卡，就必須再由最後的關主來給他們考驗。」

「最後的關主是誰？」

鳳仙太后抿脣一笑沒有回答。她一把將我的紙抽走，看見上頭寫的內容，立刻雙眼瞪大、一臉不可置信，末了臉色漲紅的把紙放下，她雖然很努力想要維持端莊威嚴的儀態，但可以明顯看見她的嘴角忍不住一跳一跳的抽搐。

「妳確定真的是這樣沒錯？」

「沒錯。」

「很……好……哀家……哀家噗噗……馬上派人去處理……」

鳳仙太后似乎因為忍笑過度而發出一個極度難聽的豬叫聲，平時太后是極為重視形象的，今天竟全然沒注意到，也沒打算殺了聽到她發出豬叫聲的我們，實在讓人非常驚訝。

＊　＊　＊

三天後，招親大會真的開幕了，一早我就被宮女們七手八腳的打扮，最後戴上一層又厚又不透氣的面紗。到這裡，老太太我又弄不懂了，既然都要戴面紗，那何必打扮？

我跟鳳仙太后同時搭王轎抵達現場，才步下轎子，老太太我就被嚇了一大跳，雖然看不見外面，可是外頭人聲鼎沸還是聽得清清楚楚，宮裡嗓門特別大的僕人們組成五人團體，大合唱了三次「太后駕到」現場才安靜下來。

我因為看不見，只得讓太后攙著前進。我戰戰兢兢盯著自己面紗下頭的一小片黃泥地小心行走，深怕在這麼多人面前出糗。

太后攙我進了比武擂臺，曲曲折折上了七層樓，而一到七樓我就把面紗摘掉，樂呵呵的發現裡頭擺了滿桌子的甜點，正好可以邊吃邊打發時間。

鳳仙太后已經跟我說過擂臺是有時間限制的，只要到夕陽西下時還沒有人上到這裡來，那麼就算我贏，她再不干涉我的婚事。

老太太我一開始還有些擔心，可是待中午一過，下面傳來很多哀嚎，但通往七樓的樓梯卻遲遲沒有腳步聲響起，老太太我於是放心的喝茶吃點心，甜的吃多了想嚐鹹的，鳳仙太后就叫宮女替我做一碗雞湯泡飯。

這雞湯泡飯還沒上桌呢，我就聽見門邊一陣急促的腳步聲，門板猛地被踹開，衝進來的人一身狼狽倒在地上，可以看見他的臉上跟手掌上都冒出大片大片的雞皮疙瘩，臉上一副生不如死的表情。

老太太我愣了三秒，旋即認出地上的人，撲上去死命搖晃他。

「小軍！你怎麼了？」

楚軍身上完好無傷，可是心靈上好像受到了極大的衝擊，滿臉驚恐，我看著他一個鐵錚錚的男子漢竟然被嚇得像隻小貓，老太太我早把他不認我這娘的事情忘到九霄雲外，只能任他緊捉著我的袖口顫抖。

「我……第一……」

「什麼？小軍，你說什麼？」老太太我沒聽清楚，看他嚇得慌，我連忙端過一杯奶茶要給他壓驚，沒想到他一聞到味道，立刻像個身懷六甲的孕婦轉身乾嘔，看得我莫名其妙。

「你怎麼了？小軍！」我慌忙替他拍背。

「楚大將軍沒事，只是一天內碰了那麼多女色和甜食，估計是有些吃不消了。」鳳仙太后眼睛閃閃發亮，說話的時候嘴角眉梢都在笑，視線期待的望向門口。

「女色和甜食？這兩樣都是小軍最討厭的東西，是誰讓他碰的？」我急吼吼的繼續給楚軍拍背，楚軍乾嘔完又喘，喘完回頭想說話，可一看到滿桌甜食又轉頭繼續乾嘔。

事情是這樣的，楚軍自小練武，在一起的對象除了男人就是男人，等老太太我發現的時候，他似乎已經患上了女性恐懼症，只要有女孩一靠近，他就會渾身僵硬，全身浮起雞皮疙瘩。以前有一次我想用刺激療法治好他，於是把他關進青樓內一個晚上，隔天楚軍口吐白沫的被秘密送回來。

後來在緩和的循序漸進治療下，楚軍已經進步到可以讓一個女孩坐在身邊而沒事，可若人數再增加，他就會開始僵硬作嘔，老太太我也拿他沒辦法。

至於甜食——

門又碰的一聲被撞開，我家老么楚翊衝了進來，老太太我還來不及因為重逢而歡喜，就見到這個兒子也在我跟前倒下。

「楚翊……楚翊！」我連叫了兩聲扶起楚翊，他一臉蒼白倒在我懷中，緩緩睜開眼。

「我……我……」

「小翊，你想說什麼？別怕，娘在這裡，發生什麼事了？」

「好肥……好油……吃不下了……」他說著，蒼白著臉閉上眼睛。

好肥？好油？這孩子一向是最討厭肥肉的，是誰讓他吃了？我慌忙抬頭叫宮女端杯水來。

見楚翊躺在我懷中氣若游絲，那張可愛的小臉都發白了。我從沒看過這孩子憔悴成這樣，眼淚忍不住又開始流。

「很好很好！」反而是鳳仙太后大讚一聲。

要知道我什麼事情都可以忍，可是跟我兒子有關的我就忍不了，當下轉過頭去埋怨鳳仙太后。

「太后，這些孩子都憔悴成這樣，您怎麼還幸災樂禍——太后，您在做什麼？那位是什麼人？」

鳳仙太后身邊站著一位金髮碧眼的異族男子，正忙著架起畫架。

「哦？這位是我請來的西方畫師，聽說他作畫非常寫實，這一幕這麼珍貴，百年難得一見，哀家當然要畫下來讓後世瞻仰一下。」

楚軍聞言，勉力停住乾嘔，蒼白著臉轉過來。

「太……后……妳……」

還沒說幾個字，鳳仙太后就笑呵呵的把一塊冬瓜糖塞到他嘴裡，那糖是出名的甜，楚軍霎時沒了聲音，只剩乾嘔。

「麻煩楚大將軍配合了。」

「太后，妳怎麼可以這樣對待我兒子……」

「妳忘了他們跟妳斷絕關係了嗎？」

「雖然是這樣，但他們在我心中還是最重要——」

這時，樓梯間傳來沉重的腳步聲，同時還伴隨著滴答滴答的聲音，我住了嘴看向樓梯間，赫然見到我平時最是英明神武的前大兒子出現，他一頭秀髮烏光水滑的，身上的袍子也光滑得很……浮著一層厚厚的黑油光澤，雖然白著一張臉，但也還算冷靜。

「楚明……你這是……」

忘了提，楚明有一個小小不為人知的弱點，就是他非常愛乾淨，雖然不一定要整齊，可是所處的地方一定要乾淨，他絕不用手去碰任何油膩的東西，就算飯桌上有一道炸蝦，他也能用筷子把殼給剝掉。

可這個愛乾淨的楚明，竟然一身黑忽忽又黏答答的出現在我面前，要不是那張臉真的是楚明，我真不敢相信這是我的大兒子，他身上被油浸得徹底，每走一步都踏出油膩的印子，剛剛那些滴答聲恐怕就是他身上的油滴落的聲音。

雖然我很愛我兒子，但看到這麼駭人的景象，我也不由得倒退兩步。楚明走到房中央看了我一眼，視線又落到鳳仙太后身上。

「算……妳……狠……」說罷他眼一閉，人就暈倒在地上。

「暈了嗎？」鳳仙太后第一個跳起來關切，在楚明身邊不停兜圈子，好像捕到獵物的猛獸，樂呵呵的檢視。

「真是太棒了！瀅瀅，妳真是太棒了！」

下一秒她立刻衝過來把我抱在懷裡，老太太我一口氣沒提上來就噎住，霎時滿臉通紅。

「年紀輕輕當上狀元就一臉少年老成，成天癱著一張臉，實在看得人老大不高興，小鬼就該有小鬼的樣子，囂張什麼？哀家老早就看他不順眼很久了！」

太后只是為了這麼簡單的理由討厭楚明嗎？我不可思議的看著狂放大笑的太后，又有些擔心的看向倒在地上的楚明，只見鳳仙太后笑完立刻又奔回畫師身邊，吩咐他細細的畫，務必要重現每一個細節。

我吩咐人做了一個冰袋替楚翊放在額上，又拿嗅鹽給他聞，好不容易他的臉色才好起來。

楚軍倒是自制力驚人，已經恢復泰半，喝了兩杯檸檬水後就能坐起身。

楚明一直暈著，沒辦法洗澡，我就讓宮女送來很多很多熱毛巾，挨著替他慢慢擦拭。正在擦拭著的當兒，樓梯間又有腳步聲，我膽顫心驚的等著，不知這回又會是什麼慘狀？哪知門一開，涼風撲面而來，楚風一身白衣站在那裡，看起來跟平時沒有兩樣，他往室內梭巡了一圈，朝鳳仙太后行了個禮。

「不好意思，走得慢了些。」楚風說罷，就慢吞吞尋了一張椅子坐下。

我不懂前兒子們怎麼會一個接一個出現，但現在沒空去管那些，我努力擦掉不少油汙後，楚明慢慢轉醒，看見我在眼前即虛弱的露出一個微笑。

「唔……我贏了……真是太好了……」

「傻瓜，贏什麼？」我愣了一下，眼淚立刻大顆大顆的掉。

這些孩子一定是來阻止為娘改嫁的，嘴上說什麼斷絕母子關係，但母子情分怎麼可能說斷就斷，瞧？這不是急吼吼的來救娘了嗎？

「你們這些傻孩子……」

我正感動著，卻聽見鳳仙太后納悶的自言自語。

「奇怪，還有兩個人呢？」

一輕一重的腳步聲在樓梯間響起，鳳仙太后立刻一臉了然。「哦？來了啊！」

門打開，映入眼簾的是——

「啊？小殷……小、小海嗎？」

不是老太太我要驚訝，而是這兩個孩子的樣子實在太奇怪，楚殷向來是重視形象勝過一切，可今天竟然雙眼無神好像靈魂出竅一樣，頭髮凌亂不已，看那樣子好像是受了什麼折磨，自己把頭髮扯亂似的。

而楚海就更怪了，這孩子……竟然倒立著進來。

我看得一頭霧水，視線落到鳳仙太后身上，鳳仙太后一臉心滿意足的微笑，顯然一切都在她的意料中，於此同時，夕陽也完全沉入西方的山頭，不留一點餘紅。

「這……這是怎麼回事？」

相對我一臉疑惑，鳳仙太后兩手一攤，一臉疑惑的反問我。

「嗄？妳怎麼能問我呢？瀅瀅，這不都是妳造成的嗎？」

第十二章

老太太我當初寫的關卡內容如下：

第一關：游過黑忽忽的油池，每多拖一刻就多加一桶油。可選擇穿著衣裳或不穿衣裳游過，不穿衣裳游過可沐浴，穿著衣裳者則不得沐浴。

第二關：任由十位光溜溜的女子上下其手。

第三關：高空彈跳，自七樓垂降。

第四關：必須平心靜氣看完十件衣裳被毀壞。

第五關：甜食五十盤完食。

第六關：肥肉五十塊完食。

可是我千想萬想也沒想到這些關卡竟然會一一讓我的兒子們闖進……呃，應該是前兒子們……

從七樓聽得見外頭的吵鬧聲，顯然人潮還沒有散去，大家都在等今天的結果。室內點起無數盞燈，我跟鳳仙太后坐在一起，六個兒子也在對頭坐成一圈，他們每個人看起來都好多了，只是臉色仍不大好，彼此默默無語。

「如果我早知道這些孩子要來，我肯定不會刁難他們的。」

「那樣哀家會不開心的。」

「什麼？」

「沒什麼。」鳳仙太后笑咪咪的回應我，視線在楚明他們身上轉了一圈，最後落在我身上。

「好了，最終關卡的考驗開始了。」

「什麼？」我聽得一頭霧水，最終關卡又不是我安排的。

「哦？哀家忘了告訴妳嗎？最終關卡的關主就是妳，今天有六個人通過下面的關卡啦。還記得妳跟哀家的約定嗎？」

「什麼約定？」

鳳仙太后翻翻白眼，顯然對我的狀況外無可奈何。

「哀家說過，只要有人通過下面的六道關卡，就算妳輸了，妳非嫁不可。」

「什麼？」就算天塌下來了，老太太我也不會比現在更驚恐，我伸出手指著楚明他們，聲音都在發抖。

「嫁、嫁給他們？」

「對，有什麼問題嗎？」

我想了一下，又笑起來。「太后，我想妳一定是弄錯了，這些孩子他們是來接我回家的，肯定是擔心老太太我要改嫁，所以特地來阻止，怎麼可能是來參加招親……」

「我是來參加比武招親的沒錯。」

楚軍的一句話，讓老太太我石化。

「你在胡說什麼？我是你娘耶！」一定是小時候罰他們寫三字經寫得不夠多，這些孩子怎麼會變成這樣？

「我的娘另有其人，請不要自以為是。」

楚明淡淡一句話，簡直讓老太太我的心都要碎了。

「古人說生養大如天，你們這些不肖子，有親娘就不要我這後娘，你們未免也太過分……嗚嗚嗚嗚……況且古有倫常，我身為一個遵從禮教的女子，絕對不會做出娘嫁兒子這種事，老太太我抵死不嫁……」

「其實娘早就嫁給我了。」

冷不防一句話從我悲悲切切的哭聲中竄出，一下子全場的視線都落到——楚風身上。

這孩子端著一個銀杯，看了我們一眼，慢條斯理的放下杯子。

「小……小風，你胡說什麼？」

「我沒有胡說，在北蒼國的時候娘就嫁給我了，照我們慕容家的習俗。」

「什麼習俗？你當時只是拿針刺了娘一下！」

「慕容家的人就是這樣認定終身伴侶的，把彼此的血烙在心口上，小阿姨也同意了。在慕容家的族譜上，我的妻子寫的是楚瀅瀅。」

「什、什麼？！立刻去塗掉，你當時跟娘說只是權宜之計！」

「我也說過慕容家的人一生只選定一個伴侶，娘當時應該也聽見了。」

是這樣沒錯，難道……難道老太太我被誆了嗎？

鳳仙太后立刻跳起來，一指戳到我的額前來。

「好啊！哀家要妳一五一十的說，妳竟然瞞了這麼有趣的事，妳完蛋了！」

「這樣娘應該沒話說了吧？」楚殷開口，他的精神恢復不少，風流的氣質又回到他身上。

「沒有……才怪，那是我被誆了，世上哪有娘親變娘子這種事情？」

我繼續戟指痛罵，找盡畢生會的罵人用詞把楚風罵了一輪，罵得氣喘吁吁，累得坐下來直喘氣。

「娘罵得累不累？」

才剛坐下，一杯茶就送到脣邊，我看了一眼，是最貼心的小兒子，當下接過茶咕嚕嚕喝完，隨即他又挑了一枚蜜棗過來。

「潤潤喉。」

我吃完那枚蜜棗，覺得這孩子實在貼心，忍不住又對其他兒子發火。

「你們看看，小時候娘叫你們背的《三字經》都背到哪裡了？只有小翊這孩子聽話，心中還有我這個娘親……」

「娘，妳說錯了，我心中是有個娘，不過不是娘親，是娘子。」

楚翊一臉天真無邪的打斷我。

老太太我看著他，覺得腦中已經開始發暈。

「那……那楚海你說，你看看你哥哥們跟弟弟們，這樣對嗎？」

楚海除了容易暈地以外，還有嚴重的懼高症，顯然那個高空彈跳把他嚇得不輕，剛剛才會倒立進來。此時他聽完我的話，一臉嚴肅。

「可是我記得娘跟我說過，要我走屬於自己的路，千萬別讓別人的想法或標準來否定我，今天我想要娶娘，娘不可以以妳自己的想法來否定我。」

「娘好心痛，以前我到底是教育了你們什麼？」

「我記得娘給我的座右銘是『釜底抽薪』，我既不想娶別人，也不想讓娘傷心，那麼最簡單好用的方法就是把娘變成娘子，不是嗎？」楚明蒼白著臉，說出來的話卻鎮定得很。

「什、什麼？」

楚軍也緊跟在後面淡淡接口：「娘不是逼我娶那個『櫻姬』嗎？我如娘所願，而那個『櫻姬』就是娘。」

「胡說八道，娘什麼時侯拿番茄砸……呃……是娘砸的沒錯……可是也沒有證據證明『櫻姬』就是娘啊！」證據呢？證據拿出來！

「那天圍觀的群眾，我隨隨便便都能點出一百個人來證明，那個櫻姬確實是娘。」楚軍平靜陳述出事實。

我一陣暈眩，當時我是不是拿番茄砸傷了這孩子的頭，害得他腦中主管感情的區域被我砸傷了，竟然選擇當時的老太太我？

「到我了嗎……呃我……其實我是……」楚海雙眼閃亮亮，似乎很期待的想開口，可惜他不善言辭，想了好半天都沒下文，楚殷插嘴進來打斷他。

「跳過三哥吧！」

「好。」眾人一齊點頭。

「娘應該很清楚，我是『陽奉陰違』的類型，喊了妳這麼多年的『娘』，在心裡卻從來不曾真的把妳當娘，妳應該希望我能夠心口如一吧？嗯？」

楚殷最後那聲語尾的詢問太過溫柔，老太太我不由自主的點頭，一點之下才發現大勢已去。

「不消說，娘已經嫁給我了。」楚風是所有人之中最平靜的，一派仙人樣。

我瞪著他，不敢想像這個仙風道骨、看起來絕不說謊的孩子竟然誆我跟他成親，而且還誆騙我這麼久——

「是娘妳答應我的喔！妳說要讓我養一輩子，除了娘，我再也不打算養別人，要是娘逼我養別人，我就要學壞，讓別人生不如死。」楚翊笑咪咪的接口。

我頭皮一陣發麻，總覺得小翊這孩子說出口的已經不是陳述，而是貨真價實的威脅。

這……這就是老太太我多年教育失敗的後果嗎？

「你們……你們這樣對嗎？太后！太后妳要做主啊！這些孩子現在是要違背倫常，太后快點下旨阻止他們。」

說服不成，我只好淚汪汪的轉頭跟鳳仙太后求救。

鳳仙太后彈彈指，往指縫裡用力的吹了一下，才慢悠悠的回答我。

「哀家覺得……沒什麼不行啊？你們有血緣關係嗎？」

「呃……沒有……」

「所以說囉！這不構成亂倫的問題，而且如果妳嫁了，哀家可以少養一隻米蟲，妳又可以回到熟悉的楚府，各位楚家公子又能娶到自己的意中人，這是三贏的局面。」

「我是想回楚府，但不是以這種方式回去，我是他們的娘啊！」

「好，那剔除妳的想法，今天我們公平的表決，要讓瀅瀅嫁的人請舉手，一二三。」

六個兒子全舉手，外加鳳仙太后，我一個人兩隻手舉反對票還七比二，慘敗。

「這就是多數決的暴力，哀家不是告訴妳了嗎？」鳳仙太后和善的低下頭拍拍我的臉頰，微笑道：「妳便嫁了吧！」

我嘟起嘴，眼淚已經在眼眶內亂滾。

「不行……我不能接受這種事……哪有娘親變娘子這回事？」

「有啊！南華國的太后不就變王后了？」楚翊笑得很天真，說出來的話卻讓我懷疑他被惡鬼附身，否則怎麼一直把我這個娘往懸崖邊推去。

「有先例在前，還是南華國的太后，瀅瀅妳就放心嫁吧！哀家會為妳主持婚禮的。」

我環視眾人一圈，發現沒半個人支持我，抗議無效，只能不說話低頭流淚。

「娘，這些日子在宮裡過得怎麼樣？」楚明忽然問起我，一臉平靜。

「還、還不錯……」

「不想家嗎？」

「想……」

「想我做的點心嗎？」

「也想……」

「那是否有人替妳舞劍，替妳挑魚刺，讓妳天天換新衣穿，還有當妳夏天的涼扇，或者每天早上給妳來一盅雪蓮湯呢？」

「都沒有……」

「那我再問一句，沒我們陪在身邊，不寂寞嗎？」

「嗚嗚嗚……很寂寞……」哪會不寂寞呢！不然幹嘛每天光是聽到「兒子」這個詞就要淚流成河。

「其實娘回家來也不過換個稱呼，娘親變娘子，同樣有個娘，妳又何必這麼介意呢？」

咦？好像有點道理，我放下掩面的袖子，認真思索起來。

鳳仙太后把唇一撇，百無聊賴的開始搖起扇子。

「我們能做的都跟以前一樣，一點也沒變啊！」楚殷也加入勸說的行列。

被小殷溫言軟語這麼一說，老太太我的心就搖擺不定，誰叫我從以前開始就對這兒子沒有抵抗力。

「這樣不是正好，娘不是一直想要我們娶媳婦嗎？」

「可是……我想要你們娶媳婦，不是叫你們娶娘當媳婦啊？」

「太后剛剛也說過了，妳跟我們沒有血緣關係，妳現在也不是我們的娘了，對不對？」楚明道。

頓時，我覺得腦中亂成一團，抬起頭來仔仔細細看著這些孩子，他們每個人的神情都跟當年楚瑜在樹洞中找到我時一模一樣，楚瑜就是用這樣的表情對我許下一生的承諾。是說果然是父子連心嗎？他們竟然連這個地方也像他。

「那麼瀅瀅，妳想選誰呢？」

鳳仙太后冷不防一句話讓我一陣錯愕。

「他們有六個，妳總不能嫁給六個人吧？妳想選誰嫁呢？」

選、選誰嫁？可憐我還沒消化完娘親變娘子這件事，就要被迫嫁給其中一位前兒子。

我躊躇半晌，頭慢慢低了下去，摸摸袖子之外，順道把指頭扭得跟麻花一樣，卻怎麼樣也得不出答案。

「妳不用想得那麼複雜，只要想說妳最愛誰就好。」

鳳仙太后這句話沒有解決我的煩惱，反而讓我更加混亂。

這六個兒子中我最愛誰，最愛誰……在腦中紛紛亂亂的打成一團，六個兒子誰也贏不了誰，想得我頭都要破了，卻沒得出答案。

「她不需要想，我們都娶她。」

「啊？」

「什麼？」

異口同聲，來自我跟鳳仙太后。

「我們已經商量過了，她是誰也選不出來的，先聯合起來把外人都打退，自家人娶回家關起門來慢慢商量。」楚明面不改色的說出這麼驚世駭俗的話，老太太我已經完全嚇呆掉，無法反應。

「嘖嘖嘖嘖……一次嫁六個，瀅瀅，不知道該說妳是幸福還是不幸……」鳳仙太后以扇掩嘴，眼神在我身上轉啊轉。

「不過哀家也答應過，只幫你們能到第七層，剩下的不多做干涉，你們打算怎麼做，全都由你們了。」

說罷，鳳仙太后拋下一個極其曖昧的眼神，慢悠悠從另一道門離開，留下我跟六個呃……前兒子……不對……未來丈夫？總之就是面面相覷。

他們挨著站起身來，朝我伸出手，就像那場夢境中的情況。

「瀅瀅。」

我不由自主的把手放上去，如果是跟這些孩子們走下去，不管是什麼樣的未來，好像都沒有不幸的這個詞存在。

終章

花錦城今年夏天發生三件大事，在《花錦日報》的頭版足足刊登了兩個月。把大榮國人民的舌根都嚼壞了，更別說每件都是破天荒第一遭。

其一：楚家老夫人被斷絕母子關係，逐出楚府。

其二：副丞相上官傲，迎娶史官世家的史官見習生百季，鮮的是，這百季還是個男兒身。

其三：也是最最讓人熱議的一條，楚家老夫人比武招親，擂臺勝利者有六個人，正巧就是前兒子——楚府的六位公子。這下娘親變娘子不打緊，楚家老夫人一口氣變成六個男人的娘子這可是驚天動地頭一遭。

且不管外頭鬧得多麼沸沸揚揚，老太太我安坐在楚府內翻閱著報紙。鬧了一整個夏天，現在入秋了，人們似乎也稍稍轉移了焦點，現在花園內滿是桂花香。

「夫人，還要再來一點桂花糖酥嗎？」香鈴輕聲問著，像是怕吵到我。

「好。」

那天比武招親結束，我就被六個兒子帶回府內，楚府上下歡聲雷動，我本來是有點尷尬，可是每個人都一副理所當然，這樣一來好像變成我少見多怪了。

我依舊是被叫夫人，聽得很習慣，跟六個新丈夫的相處也一如從前，什麼都沒有變，鳳仙太后在婚禮後把我悄悄叫過去，問我洞房花燭夜發生什麼事。

我倒納悶了，這晚上還能做什麼事，不就大家一起睡嗎？以前他們還是我兒子的時候就一起睡過，現在也很習慣呀。

鳳仙太后聽我這麼一答，滿臉遺憾和憐憫，直搖頭說這是一場悲劇。

「怎麼在這裡吹風，小心得了風寒。」

「楚殷？今天怎麼這麼早？」以前總習慣叫小殷，現在他變成丈夫，也不好這樣稱呼他，遂直接叫名字。

楚殷低下頭，在我頰上輕輕一吻。

「想妳，所以就早點回來了。」

「你這孩子真不害臊，說這什麼話……」我嘀嘀咕咕的低下頭，臉上不可控制的紅了起來。

雖然說沒什麼不一樣，但其實還是有一點不一樣，就是他們變得更加親近，雖然他們以前也會對我親親抱抱，但那都是兒子對娘的態度，沒什麼特別的感覺，現在不知怎麼著，每次他們一親近，我的臉都會紅起來，而每次我臉紅的時候，他們都會顯得特別高興。

但其實到現在，我還是分不清楚我對他們的喜歡是娘對兒子的喜歡，還是像我對楚瑜那樣的喜歡，也許這兩種都有，隨著時間過去，會在胸口中慢慢發酵成同一種感情。

「原來娘跟四弟在這裡。」楚海笑著，身邊跟著楚翊走進亭子來。

楚海這孩子最笨，到現在還改不了口，始終還是叫我娘，可是他這樣反而讓我覺得親切，不會像以前那麼容易忘記楚海了。

「這是什麼？桂花糖酥嗎？」楚翊一蹦一跳來到我身邊，看著這麼可愛的臉蛋，我始終沒有他是丈夫的感覺。

「對，要吃嗎？」

「要吃，餵我，啊——」

看著楚翊這可愛的樣子，我忍著笑把糖酥放到他嘴裡，還沒抽回手，就讓楚翊連手指一起含住，他眼中的笑意突然一斂，亮起某種不知名的情緒。

「可以一起吃掉嗎？」

「手指不好吃吧……」

「那吃別的地方呢？」

「哪裡？」

楚翊還沒回答我，立刻閃電般跳離原本的位置，一把飛劍赫然直直的插在那裡，我抬頭看去，發現楚軍和楚明已經站在園子門口，楚軍還維持著一個漂亮的出手姿勢。

「這回我可沒射歪。」

「好了，吃飯時間到了，都進去吧！」楚明不愧是一家之主，一開口我們所有人都應聲稱是，一起往飯廳移動。

「對了？怎麼沒看到楚風呢？」我看了看，身邊就少了楚風的身影。

「今晚吃魚生，廚師把五弟請進去幫忙了。」楚明回答我，伸過手來攬住我的肩頭。

「秋風涼，下回別吹太久了。喜歡今天的桂花糖酥嗎？」

「喜歡，你做的嗎？」

「嗯。既然喜歡，下回給妳多做些。」

「好！」

看來當娘親跟當娘子沒差多少嘛！不管是楚夫人還是楚老夫人，我似乎都能夠勝任愉快。

各位，你們說對不對啊？

《小媽之娘親變娘子》完

番外

大榮國最尊貴母子倆的嗜好

大榮國最尊貴的母子倆——鳳仙太后以及其子大榮國國君榮艾先，正對坐在花園的涼亭中喝茶聊天，宮女們一字排開，在旁邊緩緩搧著一人高的羽毛扇，遠遠看去像一團在擺動的花。

「炎炎夏日，比起喝茶，哀家還是更喜歡來碗酸梅湯。」鳳仙太后放下茶杯道，一旁的宮女心領神會，立刻轉身去張羅。

鳳仙太后往枝頭上一看，不見半隻鳥，不由得皺起眉來。

「前些日子那麼熱熱鬧鬧，最近卻安靜得很。」

「母后這句話是說園子裡的鳥，還是說近日花錦城內太過平靜？」

鳳仙太后掃了自己的兒子一眼，慢悠悠的回答：「都有。」

「這兒臣就不懂了。」榮艾先放下茶杯抹抹嘴，臉上現出一絲疑惑。

「怎麼不懂？」

「母后是最喜歡熱鬧的。」

「嗯哼。」

「那為什麼這麼輕易就答應幫助楚丞相，要是他們都得償所願，以後有什麼好戲可看？」

榮艾先意有所指，說的就是兩個月前楚家那場絕世婚禮。

鳳仙太后聽罷，只是抿一抿脣。

「就說你這孩子笨，怎麼當國君當了這麼多年，已經是四個孩子的爹，還這麼笨？有道說僧多粥少，聽過嗎？」

「聽過。」

「今天叫瀅瀅的甜粥只有一碗，卻有六個凶僧站在旁邊，你說這是福還是禍？以前大家可以忍著不動手，是因為還有那條叫做娘親的界線擋在中間，現在把柵欄拿掉，六個凶僧都站在粥邊了，可是誰也不能先吃第一口，那個吃第一口的，包准被打成豬頭。」

榮艾先意會過來，撫掌嘆息。

「這樣真是可憐，想想有六個本王，王后卻只有一個，那是多麼難受的事。」

「光是那第一口都不知道要誰先吃。哀家估計，他們大概是約定好要讓瀅瀅自己選擇，可是這選擇說著好聽，不管選了誰，對其他人都是一種心痛，你說這不是折磨嗎？哀家最喜歡製造麻煩跟看熱鬧了。」

榮艾先暗暗一嘆。

同為男人，他不由得同情起楚家的公子們，那些男人自我控制的修為大概都能成仙了。

不知道他們是哪裡犯著母后，才要這樣惡整他們，但也許該反過來說，母后對沒興趣的人連理都不理，只是表達喜愛的方式讓人不敢苟同……

「不過……最近是有些無聊……」鳳仙太后撇撇嘴，這天氣太熱，額上都冒出細汗了，她懶懶的拿帕子抹掉，看見遠遠走來的人影，本來懶洋洋的臉都亮了起來。

榮艾先愣了一下，也順著太后的視線看過去，一見款款走來的人時，不由得心中一嘆。

「國君、太后，兩位日安，楚瀅瀅有禮。」她彎腰福了一福。

最近楚府老四似乎迷上異族風情，就見瀅瀅的衣裳窄而合身的勒出纖細的腰圍，裙襬散開，轉圈時像一朵盛開的花，頭頂小帽上的銀片隨著她的動作，敲擊出清脆的聲響。

聽說高齡有二十三，「前任」楚府老太太、「現任」楚府大夫人、二夫人、三夫人、四夫人、五夫人還有六夫人，整個花錦城以前只有一個楚夫人，在六個兒子全都娶親之後，還是只有一個楚夫人。

她可說是蔚為奇談的一個女人，年紀二十三，嫁過一任丈夫，還是一臉天真爛漫，配著狐媚的臉龐，意外的和諧。

「瀅瀅，妳來得正好。」

鳳仙太后心情大樂，親自站起身把瀅瀅拉進座位。

瀅瀅愣了一下顯然沒料到，怯怯投了一個詢問的視線給榮艾先。榮艾先朝她聳聳肩，露出無可奈何的微笑。就連他自己也不知道母后想要做什麼——

「瀅瀅，告訴哀家，最近過得好嗎？」

「很好！」

楚瀅瀅揚起大大的笑容，白裡透紅的臉蛋上飛起自然的嫣紅，豔麗不可方物，饒是榮艾先已經專情王后多年，都忍不住心神一蕩。

「每天睡得飽，還可以吃甜點吃到飽，睡得飽，吃到飽，睡得飽，吃到飽……」

「停！」

鳳仙太后忍無可忍的吼起來，美豔小狐狸精立刻閉嘴，眼睛立刻水汪汪起來。

「哀家想問的是……妳晚上睡得好嗎？」

「很好啊！剛剛不是回答過了嗎？」

「很好？妳跟他們一起睡嗎？」

「哦～～他們就輪著跟我一起睡啊！畢竟與丈夫一起睡天經地義嘛！太后放心，我很習慣，畢竟以前都跟他們睡過了。」

「所以說還是跟以前一樣？」

「對。」

鳳仙太后朝榮艾先投去一眼，母子倆有默契的同時搖頭嘆息。小狐狸精左看右看，一臉疑惑。

榮艾先霎時覺得神是公平的，也許楚家的男人們得到了天底下最美豔動人的妻子，可是也得到一個對男女情事零分的白痴，要過上折磨的非人生活。結論：他還是專情自己的王后就好……

「瀅瀅，現在妳是楚府的夫人了，有一件事情很重要。」鳳仙太后一本正經道。

不過，了解她的人都知道，當鳳仙太后一本正經的時候，多半沒有好事……

「什麼事？」

「為楚家開枝散葉啊！」

小狐狸精眨眨眼，往自己肚子一瞧。

「楚明他們說生小寶寶要有特別的步驟，叫我再等一等。」

「等什麼！妳這傻孩子。」

鳳仙太后大呼小叫起來，宮女正好端著酸梅湯走回來。

「太后，您的酸梅湯。」

可惜鳳仙太后說得興起，壓根忘了酸梅湯。

「好，先擱著吧！」

「太后不喝，我可以喝嗎？天氣好熱，我口好渴，這碗冰酸梅湯看起來好好喝……」

「好，給妳喝，但妳要聽哀家的話。」

「沒問題。」小狐狸精喝起碗中的酸梅湯，一臉受教。

「妳之前不是跟哀家說過嗎？這六個兒子每個人都有一部分像楚瑜，所以每當妳看著他們六個的時候，就覺得楚瑜也在妳身邊？」

「對啊！」

「那如果妳生他們六個的兒子，六個的特點都集中到一個身上，妳生出來的兒子不就會很像很像楚瑜嗎？」

「啊？有這樣生的嗎？」

「有，當然有。」

眼看自己的母后揮動手臂說得口沫橫飛，榮艾先暗忖著自己是不是要馬上逃離現場，給那個遠在楚府處理國事的可憐丞相發個消息。

小狐狸精一邊思考，一邊把酸梅湯喝得見底。

「我生下楚瑜……」

「對，妳不是最喜歡楚瑜嗎？要是妳的孩子跟楚瑜很像，妳一定會很高興吧？」

「會，很高興。」小狐狸精受到引誘，也笑逐顏開。

「那妳還等什麼？快點回家去告訴他們，說妳要生孩子。」

榮艾先看著某狐狸精飛奔而去的身影，默默在心裡哀悼起來。

保重，丞相！保重，將軍！

＊　＊　＊

楚府內，六個男人圍成一桌等著吃飯，其實已經過了開飯的時間，可是因為自家娘子還沒回家，空蕩蕩的位置讓每個人都失了胃口，有些懶洋洋的。

楚明看起來尚算正常，正襟危坐、一臉嚴肅的看書，可是喝茶的時候被楚翊偷偷把書換成《風流小旋風獵女史》都沒發現，還一臉嚴肅的看下去。

楚海坐立不安，頻頻在門口來回張望。

郝伯正好提著水桶經過，見此情形，涼涼的開口：「三爺，再看下去門口都要看穿了，您多省省心，別讓小的還要找人來修門。」

「你派人去接娘了嗎？郝伯？」

「夫人當初就是搭自家馬車去的，馬車還在王宮外等著呢！幹嘛另外派人去接她？三爺您糊塗了，還是多吃點腦補補，回頭我讓廚房燒一個豆腐腦給您吃。」郝伯說罷，提著水桶慢悠悠的走了。

「……小弟，我真的很糊塗嗎？」

正在鬥蟋蟀的楚翊聞言，抬起頭甜甜一笑。

「不會啊！三哥的聰明才智就跟豆腐腦差不多。」

「……」

「對了，話說有一件事我總覺得奇怪。」本來埋首畫設計圖的楚殷忽然開口，眾人的視線霎時都集中在他身上。

「瀅瀅上次告訴我，在北蒼國客棧的時候，大哥有進到她房內看望她，大半夜的讓她以為是鬼，嚇得半死，這是真的嗎？」楚殷一臉疑惑，續道，「大哥一般不會做這種事，又明知她會怕，何必半夜進去房內呢？」

「哦～～肯定是大哥想要夜襲，卑鄙！」楚翊悻悻然，一臉氣急敗壞。

「這種卑鄙的事應該只有小弟你會做。」楚殷道，視線仍然落在楚明身上。

楚明皺起眉，啪的一聲闔上那本《風流小旋風獵女史》。

「這就怪了，我不記得自己曾經做過這種事。」

「大哥在說謊！」楚翊大嚷著，把楚明當摧花狂魔看待。

「我沒有。」

「瀅瀅不會說謊，大哥也不會說謊，難道是有個很像大哥的人半夜進到瀅瀅房裡……」

楚殷說到這裡，霎時住了嘴。

所有人也一凜，視線都看往楚風身上，只有楚海還一臉莫名其妙。

「不是大哥。」楚風聳聳肩，一開口，室內溫度就下降不少。

「而是某個跟大哥很像的人，半夜去看望瀅瀅。」他說著，視線往外投去。「那個人我們都認識。」

現場霎時一片安靜無聲，對於那個人的存在，每個人都是又敬又愛，可是又多了一份妒忌，也許在他們最愛的女人心中，那個某人才是最愛的人，可偏偏那個某人又是他們生命中無法取代的重要存在。

這大概是最糾結難解的習題，能難倒這些……楚海以外……聰明絕頂的楚家公子。這句話不是說楚海難不倒，而是他笨到連這問題都想不到……

在一片沉默中，一陣細碎的腳步聲匆忙往飯廳奔來，來人跑得急，才進門就被門檻絆倒，整個人往前撲跌。

「啊啊啊——咦？謝謝你，楚軍。」

瀅瀅沒能跟地板親吻，尷尬一笑被人穩穩摟在懷裡，廳內的所有人同時鬆了一口氣，每個人的臉上都有了笑意。

「瀅瀅，妳終於回來了。」

「怎麼這麼遲？」

「餓了吧！我讓人馬上開飯。」

「等一下，不忙。」瀅瀅一邊忙著喘氣，一邊擺擺手，臉上有掩不住的興奮笑意。「我有很重要的事情要告訴你們。」

「怎麼了？」楚明問道。

「我想生孩子！你們快點給我一個孩子。」要是能有一個像楚瑜的孩子，一家圓滿，那該有多幸福啊！

「這……」

「嗄？」

「生誰的？」

「全部啊！」

某狐狸精臉上揚起大大的笑意，不知道自己說了多可怕的話。

「全部我都要生！快點告訴我生孩子的方法！」

顯然楚家六位公子的災難沒有完，而且……楚家的故事也不會完。

成親——只是開始。

番外《大榮國最尊貴母子倆的嗜好》完

小媽系列全套五集完結：

《小媽之冠蓋滿京華》

《小媽之全家大風吹》

《小媽之娘親來搶親》

《小媽之雪國歷險記》

《小媽之娘親變娘子》

全國各大書店、網路書店、租書店，強力熱賣中！

NOVEL 魔女星火
ILLUST 多玖實
星神魔女
parallel
超人氣！大感謝！番外篇——愛戀✴永恆的星星 2月獻上
最美麗的婚禮、最深刻的誓言。
謝謝你／妳出現在我的生命中，謝謝你／妳的無悔相隨。
今日，我將我的生命、我的靈魂與我的一切，全部交給你／妳。
同場加映，令人臉紅心跳的甜蜜初夜！
全套十集，全國各大書店、租書店、網路書店持續熱賣中！
典藏閣
飛小說
華文聯合出版平台
www.book4u.com.tw
行銷總代理
采舍國際
www.silkbook.com
不思議工作室_
立即搜尋
版權所有© Copyright 2014

不思議2014新春主打
尋寶女仙我最行!!
芙蓉仙傳
竹某人◎著
MO子◎繪
什麼?第一部沒看過?!
快快去收藏來看唄~
眾所矚目的《芙蓉仙傳第二部》來啦！！！
為了加速還債，小女仙芙蓉決定放出大絕——
認真的小芙蓉轉職當起了尋寶偵探，
夜黑風高，看她如何闖遍全城寶閣來搜寶！
結果沒想到——摸寶竟然摸到大白鯊……
龍王敖瀟冷笑：芙蓉妳好大膽，居然摸到為兒的床上來了～
典藏閣
飛小說
華文聯合出版平台
www.book4u.com.tw
行銷總代理
采舍國際
www.silkbook.com
不思議工作室
立即搜尋
版權所有© Copyright 2014

新書預告
晉江大神
耳雅
全新歡樂愛情喜劇
曉風書院的八卦事
Novel 耳雅
Illust jond-D
三字經
毒舌又愛八卦的小夫子 對上 皇朝最惡名昭彰的大將軍
小女子的馴化大貓計畫展開！
禮樂射
古六藝
爾男子
玉蜀黍
君不舉
當自盡!
雙書合購
上下冊不分售
收錄
甜蜜全新番外
典藏閣
華文聯合出版平台
www.book4u.com.tw
采舍國際
www.silkbook.com
不思議工作室_
立即搜尋
版權所有© Copyright 2013

師父說了算!!
Novel 雲端
Illust 重花
天然 小白徒兒與 腹黑 大神師父的網路奇遇——
師曰：師門規矩第一條，晨昏定省，噓寒問暖。
師曰：第二條，叛出師門者，斬立決！
師曰：第三條，除了以上，其餘 師父說了算！
雲泣：這哪是拜師啊！分明是賣身！
2014年2月，跨次元戀愛人生正夯!!

飛小說系列086

小媽系列05(完)

小媽之娘親變娘子

出版者■典藏閣
作　者■夢空　繪　者■IKU
總編輯■歐綾纖
製作團隊■不思議工作室

郵撥帳號■50017206采舍國際有限公司（郵撥購買，請另付一成郵資）
台灣出版中心■新北市中和區中山路2段366巷10號10樓
電　話■(02)2248-7896　傳　真■(02)2248-7758
物流中心■新北市中和區中山路2段366巷10號3樓
電　話■(02)8245-8786　傳　真■(02)8245-8718
ISBN■978-986-271-442-3
出版日期■2016年7月三刷

全球華文國際市場總代理／采舍國際
地　址■新北市中和區中山路2段366巷10號3樓
電　話■(02)8245-8786　傳　真■(02)8245-8718

新絲路網路書店
地　址■新北市中和區中山路2段366巷10號10樓
網　址■www.silkbook.com
電　話■(02)8245-9896
傳　真■(02)8245-8819

☞您在什麼地方購買本書？☜

1. 便利商店（ ________市／縣）：☐7-11 ☐全家 ☐萊爾富 ☐其他____________

2. 網路書店：☐新絲路 ☐博客來 ☐金石堂 ☐其他__________

3. 書店（ ________市／縣）：☐金石堂 ☐誠品 ☐安利美特animate ☐其他______

姓名：__________地址：____

聯絡電話：______________ 電子郵箱：______________________________

您的性別：☐男 ☐女 您的生日：西元________年________月________日

（請務必填妥基本資料，以利贈品寄送）

您的職業：☐上班族 ☐學生 ☐服務業 ☐軍警公教 ☐資訊業 ☐娛樂相關產業

☐自由業 ☐其他__________

您的學歷：☐高中（含高中以下） ☐專科、大學 ☐研究所以上

☞購買前☜

您從何處得知本書：☐逛書店 ☐網路廣告（網站：____________） ☐親友介紹

（可複選） ☐出版書訊 ☐銷售人員推薦 ☐其他______________

本書吸引您的原因：☐書名很好 ☐封面精美 ☐書腰文字 ☐封底文字 ☐欣賞作家

（可複選） ☐喜歡畫家 ☐價格合理 ☐題材有趣 ☐廣告印象深刻

☐其他________________

☞購買後☜

您滿意的部份：☐書名 ☐封面 ☐故事內容 ☐版面編排 ☐價格 ☐贈品

（可複選） ☐其他

不滿意的部份：☐書名 ☐封面 ☐故事內容 ☐版面編排 ☐價格 ☐贈品

（可複選） ☐其他

您對本書以及典藏閣的建議____

____

____

✌未來您是否願意收到相關書訊？☐是 ☐否

✎感謝您寶貴的意見✎

印刷品

$3.5
請貼
3.5元
郵票
不思議信局
FUSIGI POST

235 新北市中和區中山路二段366巷10號10樓

華文網出版集團　收

（典藏閣－不思議工作室）

小媽之娘親變娘子 卷五 完

夢空——著
IKU——繪